Ernst Macher

Einmal raus aus der Komfortzone und wieder zurück

13 (fast wahre) Geschichten aus cer Corporate World

Zum Autor:

Ernst Macher studierte Wirtschaftswissenschaften in Wien und war mehr als zweieinhalb Jahrzehnte in internationalen Großunternehmen in den Bereichen Vertrieb & Marketing tätig. Seine beruflichen Erfahrungen und Beobachtungen sind die Grundlage für den vorliegenden satirischen Kurzgeschichtenband.

Ernst Macher

Einmal raus aus der Komfortzone und wieder zurück

13 (fast wahre) Geschichten aus der
Corporate World

© 2023 Ernst Macher

3. Auflage: Oktober 2025

Buchcover & Illustrationen: Raul Pubens

Lektorat: Michaela Hlousa-Weinmann

Verlag: BoD · Books on Demand GmbH, Überseering 33, 22297

Hamburg, bod@bod.de

Druck: Libri Plureos GmbH, Friedensallee 273, 22763 Hamburg

ISBN: 978-3-7693-0895-2

Inhalt

Eine Art Vorwort

Kurzgeschichten benötigen in der Regel kein Vorwort. Ihr Inhalt spricht für sich selbst, und der vorliegende Sammelband bildet hierzu keine Ausnahme. Satirisch überhöht porträtiert *Einmal raus aus der Komfortzone und wieder zurück* den Alltag in einem typischen Hightech-Unternehmen der 2020er-Jahre. Verbissen kämpfen die Protagonisten der fiktiven IT-Firma „DigITellers" um jeden Zentimeter der Karriereleiter, ordnen ihren Ehrgeiz offiziell aber hehren gesellschaftlichen Werten unter. Willkommen im 21. Jahrhundert – einer Zeit, in welcher der Schein zunehmend das Sein zersetzt.

Die folgenden dreizehn Kurzgeschichten widmen sich der Hektik des modernen Konzernalltags und karikieren dabei typische Karrierespielchen, kurzlebige Unternehmenswerte und hohle *Buzzwords*. Es sei an dieser Stelle ausdrücklich darauf hingewiesen, dass die eigentlichen gesellschaftlichen Werte aber niemals der Lächerlichkeit preisgegeben werden sollen. Das Gegenteil ist der Fall. Zudem wären etwaige Ähnlichkeiten der Protagonisten mit

lebenden Personen rein zufällig und in keinster Weise be-
absichtigt.

Bei der Lektüre müssen Sie gewiss keine *Extrameile* gehen.
Sie brauchen Ihr *Mindset* nicht zu *challengen* und ebenso
wenig müssen Sie *out of the box denken*. Hören Sie einfach
auf Ihren Hausverstand. Der sagt Ihnen in den meisten Fäl-
len recht zuverlässig, was Sinn macht und was nicht.

Ihr Ernst Macher

Kleider machen Leute

„Pinkfarbene Socken trägt er - pinkfarbene Socken, auf denen neongelbe *Smileys um die Wette grinsen*!"

Aumann konnte es noch immer nicht glauben. Geschäftsführer Gruber hatte diesem schleimigen Berger tatsächlich den Vorzug gegeben und ihn dazu auserkoren, die DiglTellers bei der Podiumsdiskussion im *Studio 99* zu vertreten. Unendlich schwer war ihm diese Entscheidung gefallen, hatte er beim letzten Strategiemeeting nochmals betont. Letztendlich hatte Bergers Mut zu mehr Authentizität aber den Ausschlag gegeben. Nun saß dieser Typ auf der *Studio 99*-Couch und beantwortete vor mehr als dreihundert Gästen Fragen zur Zukunft des digitalen Marketings, des Omnichannel-Commerce und der KI-Revolution.

„Widerlich ist dieser Typ", dachte sich Aumann, als er Berger auf der Bühne sah. *„Null Content, hohle Phrasen, nur*

diese schwachsinnigen Smileys, die jeden anspringen, ob er sie sehen will oder nicht."

Doch nicht nur Bergers offensichtliche Inkompetenz brachte den *Head of Sales* auf die Palme. Noch schlimmer fand er dessen penetrante *Forever Young*-Attitüde, die mittlerweile die ganze Firma erfasst hatte.

Auch daran war Berger schuld. Bei der letzten Reorganisation im Februar hatte dieser zunächst darauf bestanden, seine Abteilung in ein *Digital Content Hub* umzubenennen. Dann hatte er sich in den Kopf gesetzt, die gesamte Belegschaft modisch zwangszubeglücken. Von einem Tag auf den anderen mussten seine Mitarbeiter in T-Shirts mit der Aufschrift *„DigITellers – We Don´t Preach IT, We Live IT"* aufmarschieren, und bald war Berger nur mehr in dieser Pseudouniform anzutreffen.

„Don´t preach IT – Live IT "

Was für ein erbärmlich schlechtes Wortspiel!
Dabei lag es auf der Hand, woher Bergers modische Geschmacksverirrungen kamen. Jana - Bergers Ferialpraktikantin – war nur einen Monat zuvor zu den DigITellers gestoßen, und sehr rasch war offensichtlich, dass Berger und sie nicht nur ihre Leidenschaft zum Marketing verband. Nie zuvor hatte der *Head of Marketing* so viel Zeit im Büro verbracht. Aumann fiel beim heimlichen Studieren der

Mitarbeiteranwesenheitszeiten rasch auf, dass Berger ungewöhnlich viele Überstunden machte und Jana zeitgleich denselben Arbeitseifer an den Tag legte. Bald lachte die ganze Firma über Bergers dämlich verklärten Blick, mit dem er der Dreiundzwanzigjährigen nachschaute. Als er diese schließlich sogar zum *Head of Marketing Research* ernannte, waren auch die letzten Zweifler überzeugt: Berger hatte auch nach dem Scheitern seiner dritten Ehe nichts dazugelernt. Die FH-Absolventin für *Social Media Marketing* hatte ihn an der Angel. Immer wieder versicherte sie ihm glaubhaft, dass er seine Jugendlichkeit nicht verstecken müsse und sie nichts so erotisch fände wie unverfälschte Authentizität. Selbstverständlich befeuerte Janas Anwesenheit Bergers modische Eskapaden zusätzlich.

„Ich mag Ihr *Mindset*, Berger", hatte Gruber dennoch eines Tages vor der ganzen Führungsriege verkündet und alle aufgefordert, sich an Berger ein Beispiel zu nehmen. Die modischen Konsequenzen dieses Lobs waren dramatisch. Hatte zunächst nur eine frische modische Brise durch das Office der DigiTellers geweht, gewann Aumann nun den Eindruck, dass sich das Büro zunehmend in einen *Catwalk* verwandelt hatte. Zwar trugen nur die wenigsten Bergers dämliches *Don´t Preach IT* -T-Shirt, fast alle fühlten sich nun aber bemüßigt, ihren Stil radikal zu verändern. Zwei Tage nach dem Meeting trat zunächst flächendeckend der Krawattentod ein – eine Änderung, mit der sich Aumann noch anfreunden konnte. Dann produzierte sich Berger aber immer aufdringlicher als Trendsetter. Bald hatte er alle seine grauen und blauen Anzüge ausgemistet und tauchte in immer knalligeren Sakkos, ultrakurzen Chinos und Sneakers mit Goldstreifen in den internen – und bald auch externen - Meetings auf. Die anderen Hampelmänner zogen natürlich mit. Was für ein Armutszeugnis!

Im Mai nahm Bergers modischer Amoklauf weiter Fahrt auf. Sein Faible für topmodische, aber deplatziert wirkende Klamotten hatte er zu diesem Zeitpunkt bereits eindrucksvoll unter Beweis gestellt. Doch beließ er es nicht dabei: Er begann nun auch, sich die Haare zu blondieren, und eines Tages tauchte er beim montägigen Strategiemeeting tatsächlich mit blauen Schlumpfsocken auf.

Don´t Smurf IT – Do IT! stand auf diesen geschrieben, und erneut lobte Gruber Bergers *Commitment* zum *Personal Branding.*

Lächerlich war das Ganze – völlig lächerlich! Trotzdem pries der Geschäftsführer der DigiTellers immer wieder die Bereitschaft des *Head of Marketing*, mit der Zeit zu gehen, die *Komfortzone zu verlassen* und auch modisch *out of the box* zu denken. Dass Berger mit Jana etwas am Laufen hatte und sich deswegen wie ein Pubertierender aufführte, war Gruber offensichtlich völlig entgangen. Bergers Sockensammlung stieß jedenfalls auf uneingeschränkte Zustimmung in der Firma, und im Juni musste Aumann geschockt zur Kenntnis nehmen, dass dieser verliebte Dummkopf – und nicht er – die DigiTellers bei der Podiumsdiskussion im *Studio 99* vertreten würde. Sein modischer Amoklauf, gepaart mit seiner Infantilität, hatte sich karrieretechnisch tatsächlich bezahlt gemacht.

Als Berger die DigiTellers auf der hell erleuchteten Bühne des *Studio 99* vertrat, hoffte Aumann selbstverständlich auf den einen oder anderen Fauxpas des *Head of Marketing*. Bedauerlicherweise gab sich dieser aber keine Blöße. Auf die Frage, welche *Skills* bei der kommenden *KI-Revolution* besonders wichtig seien, hatte dieser souverän – ja, fast schon abgeklärt - geantwortet.

„Eindeutig das richtige *Mindset*, *Fokus*, die Bereitschaft, die *Extrameile* zu gehen und der Wille, sich ständig weiterzubilden."

Das hatte gesessen. Die ganze Halle applaudierte Berger. Auch die zweite Frage „Welchen Rat würden Sie den Millennials geben, um im *Social Media*-Bereich groß rauszukommen?", hatte er erstaunlich schlagfertig beantwortet.

„Neugierig und authentisch bleiben – Lasst euch von niemanden verbiegen. Folgt eurer inneren Stimme!" Wieder applaudierten die Zuhörer begeistert.

„Du widerlicher Schleimer", dachte sich Aumann und lächelte Berger freundlich aus der ersten Reihe zu.

Erst am Freitag zuvor hatte der *Head of Marketing* seinen dreißigjährigen *Social Media Manager* Pedro in einem Kreativitätsworkshop zur Sau gemacht. Pedro hatte bei seinen

Instagram-Posts angeblich zu wenig *out of the box-Mindset* an den Tag gelegt. Berger hatte zudem beklagt, dass dieser sich wie ein Ewiggestriger kleide und den *Spirit* der DigITellers *„Don´t Preach IT, Live IT"* viel zu defensiv vertrete.

Natürlich war der Wutausbruch aber einem weit profaneren Grund geschuldet gewesen. Die ganze Abteilung wusste, dass auch Pedro mittlerweile ein Auge auf Jana geworfen hatte und sich gefährlich oft in deren Nähe aufhielt. Das schmeckte Berger gar nicht. Noch weniger war dieser darüber erfreut, dass Jana von seinem Wutausbruch ganz und gar nicht beeindruckt gewesen war. Schlimmer noch: Während des restlichen Kreativitätsworkshops hatte sie Berger keines Blickes gewürdigt. Aumann hatte sich an jenem Freitag entschieden, Pedro zu mögen. Der junge Mann hatte das Herz am rechten Fleck, und Jana hätte als *Account Managerin* ebenfalls großes Potenzial.
Da er sich aus Prinzip aber nicht in fremde Angelegenheiten einmischte, hatte er Bergers Wutanfall letztendlich mit einem Achselzucken quittiert. Man konnte sich schließlich nicht um alles kümmern.

Lautes Klatschen beendete Aumanns Tagträume im *Studio 99*. Die Podiumsdiskussion, bei der sich Berger bedauerlicherweise gut geschlagen hatte, war zu Ende, und als dieser zwei Minuten später vor ihm stand und fragte, wie er denn *performt* hätte, antwortete Aumann: „Es wird schon.

Bei der KI-Frage hättest du vielleicht noch ‚*Be bold & brave‘* unterbringen können. Ist aber nur mein subjektives *Feedback*.“

Berger mochte Aumanns Antwort nicht. Als dieser ihm zum Trost auf die Schulter klopfte, hörte er sogar kurz zu lächeln auf und war versucht zu sagen: „Du mich auch.“ Tat er aber nicht. Er beherrschte sich und meinte nur: „Jeder hat das Recht auf eine eigene Meinung.“

Nach der Podiumsdiskussion ging man getrennte Wege. Aumann schaute ein letztes Mal auf Bergers viel zu kurze Chinos und dessen dauergrinsende Socken-Smileys.

„*Du mich auch*“, dachte er sich und stürzte sich dann auf das opulente Mittagsbuffet. Dort begann er beim ersten freien Stehpult ein Fachgespräch mit einem Unbekannten. Es ging um den Dauerbrenner „Künstliche Intelligenz“.

„*Lieber ein Unbekannter als Berger*“, dachte sich Aumann.

„Ja, ja, die KI – sie birgt enorme Risiken, aber auch Chancen in sich. Wohin wird das alles nur führen?“, sagte der Unbekannte. „Wenn Sie mich nun aber entschuldigen, ich habe noch einen wichtigen Call.“

Erneut dachte sich Aumann „*Sie mich auch*“, nickte aber nur und verdrückte das letzte Lachsbrötchen, das er auf dem Buffettisch fand. Gesehen hatte er an diesem Nachmittag im *Studio 99* ohnehin genug. Berger war bei der Podiumsdiskussion bedauerlicherweise nicht gestrauchelt, und so traf er an jenem Tag seufzend eine

Grundsatzentscheidung: Bereits nächste Woche würde auch er sich modisch neuerfinden und fortan viel authentischer sein. Seine Tochter Lena hatte ihm schon das Wochenende zuvor hoch und heilig versprochen, mit ihm shoppen zu gehen. Diesen Samstag würde er sie beim Wort nehmen. Kleider machen bekanntlich Leute.

Gesagt, getan. Mindestens fünf Stunden verbrachten Aumann und seine fünfzehnjährige Tochter Lena am darauffolgenden Samstag in der SCS, dem größten Shoppingcenter Österreichs, südlich von Wien. Aumann übersprang beim *Powershopping* gleich fünf Modetrends auf einmal und notierte sorgfältig alle Modebegriffe, die er nicht kannte, auf seinem Smartphone. In allem, was er anpackte, war er ein Profi – auch in Sachen Mode.

Wirklich wohl fühlte er sich dennoch nicht, als er sich Montagmorgen ein letztes Mal im Vorzimmerspiegel betrachtete.

„Papa, du siehst aus wie ein Clown - bleib doch bei deinem alten Outfit!", hatte Lena schon zwei Tage zuvor in der SCS gemeint. Wild entschlossen, auch stilistisch *Tabula rasa* zu machen, hatte Aumann aber an seiner Entscheidung für ein schwarz-weiß kariertes Sakko, rote Chinos und moosgrüne Sneakers festgehalten. Niemand sollte ihm vorwerfen, nicht auch modisch die *Extrameile* zu gehen. Zu Hause hatte ihm seine Frau Eva wortlos die roten Chinos gekürzt. Beim Sakko und den Sneakers hatte aber auch sie schwere

Bedenken geäußert und die Augen verdreht. Trotzdem wollte Aumann an diesem Montagmorgen keine Unsicherheit ausstrahlen.

„Manchmal muss man sich dem modischen Fortschritt einfach öffnen", sagte er zu seiner Frau und seiner Tochter. Was Berger konnte, konnte er schon lange.

Als der *Head of Sales* eine Stunde später das Konferenzzimmer der DigiTellers betrat und den *Head of Marketing* erblickte, war er bereit, in den psychologischen *In-Fight* zu gehen.

„Nicht mit mir, mein Freund", schwor er sich, bevor er den Anwesenden ein freundliches „Na, alles klar? Ein schönes Wochenende gehabt?" zuwarf.

Das Strategiemeeting war wie jeden Montag um neun Uhr angesetzt. Gruber hatte einige Begrüßungsworte zum Thema *Leadership* vorbereitet. Im Anschluss berichtete Berger minutiös über seinen fulminanten Auftritt im *Studio 99* und darüber, wie wichtig dieser für die Marktdurchdringung der DigiTellers gewesen war. Die letzte Viertelstunde war schließlich dem einzig wichtigen Thema vorbehalten: Gruber hatte vom COO des größten österreichischen Mineralölkonzerns - Helmut Hartmann - eine Meetingeinladung erhalten. Dieser wollte schon am Dienstag ernsthaft über eine mögliche Zusammenarbeit sprechen. Es ging also ans Eingemachte. Hartmann eilte jedoch ein *tougher* Ruf voraus. Noch immer brachte er mit seinen fünfundfünfzig

Lenzen seine jüngeren Kollegen bei Firmenläufen zur Verzweiflung, und Aumann blickte diesem so wichtigen Meeting mit Vorfreude und Spannung entgegen.

Das Strategiemeeting fiel an diesem Montagmorgen kurz aus. Bei Grubers *Leadership*-Vortrag blieben keine Fragen offen, und auch Bergers Selbstbeweihräucherung fand glücklicherweise ein rasches Ende. Aumanns neues Modebewusstsein blieb von der Führungsriege der DigITellers nicht unbemerkt. An den Blicken der anderen spürte der *Head of Sales*, dass sein neuer Look voll eingeschlagen hatte. Unendlich authentisch fühlte er sich an diesem Montagmorgen, und auch die dreiundzwanzigjährige Jana, die ausnahmsweise ebenfalls am Meeting teilnahm, warf ihm ein anerkennendes Lächeln zu. Nur Berger ignorierte Aumanns modische Verwandlung.
„Auch Neid muss man sich erst verdienen", dachte sich der *Head of Sales*.

Kurz vor zehn Uhr beendete Gruber das Meeting.
„Aumann, sind sie *ready*?", fragte Gruber ein letztes Mal, als sie den Konferenzsaal verließen.
„Natürlich bin ich *ready*", antwortete dieser, und in Grubers Blick vermeinte er nun ebenfalls eine Form von modischer Anerkennung zu bemerken. Das ließ er Berger auch spüren. Bewusst langsam schritt er an diesem vorbei, um

ihm seine neuen, patriotisch rot-weiß-rot gestreiften Socken zu präsentieren.

Dann ging er schnellen Schrittes in sein Büro. Für das morgige Meeting gab es noch viel vorzubereiten.

Am nächsten Morgen fanden sich Gruber und Aumann
überpünktlich bei der Rezeption des Mineralölkonzerns
ein. Hartmanns Assistentin begrüßte beide mit einem
strahlenden Lächeln und führte sie dann in ein kleines Konferenzzimmer, wo sie auf den vielbeschäftigten *COO* warteten. Dieser gesellte sich pünktlich auf die Minute zum Geschäftsführer und Vertriebsleiter der DigiTellers.

„Also was steht heute an? *Predictive Maintenance* mit KI im
Bereich *Field Management*, korrekt?"

„Korrekt!", antwortete Gruber strahlend und hielt dann
eine kurze Begrüßungsrede. Eindringlich betonte er den
Stellenwert der Künstlichen Intelligenz in der Mineralölin-
dustrie und die Expertise der DigiTellers in diesem so dyna-
mischen Feld. Es folgten drei Sätze über die Wichtigkeit
durchdachter *End-to-End*-Prozesse und über den Stellenwert einer einheitlichen IT-Plattform.

Dann übergab Gruber an seinen *Head of Sales*, der sich für
dasselbe Outfit wie am Vortag entschieden hatte.

Wacker kämpfte Aumann in den folgenden sechzig Minuten um Hartmanns Aufmerksamkeit. Er schmeichelte ihm,
wenn es ihm angemessen schien und bemühte sich redlich,

ihn bei der Stange zu halten. Sämtliche Begriffe, die er kannte - *Predictive Analysis*, *Seamless Integration*, *Unified Platform*, *Plug&Play-Technology*, *Machine Learning* und natürlich auch *Künstliche Intelligenz* – brachte er in seinem Vortrag unter, und bei jeder Frage, die er nicht beantworten konnte, versicherte er Hartmann, dass er ihm alle Infos im Nachgang schicken würde. Inhaltlich lief alles wie am Schnürchen.

Irgendetwas fühlte sich dennoch nicht gut an. Hartmanns Blick klebte förmlich an Aumanns Sakko, dessen moosgrünen Sneakers, roten Chinos und rot-weiß-roten Socken.

Um Punkt zehn Uhr war dann Schluss. Aumann bedankte sich ein letztes Mal für die Aufmerksamkeit des COO, was dieser mit einem Kopfnicken quittierte. Dann bat dieser Gruber um eine kurze Unterredung unter vier Augen.

„Meine Güte, Gruber", begann er, als sie allein im Besprechungszimmer waren. „Wie lange kennen wir uns jetzt schon? Zehn oder zwölf Jahre? Ich denke, Sie wissen, dass ich Ihnen den Auftrag geben möchte. Aber was ist denn in diesen Aumann gefahren? Dass sich ihr Berger bei jeder Gelegenheit zum Affen macht, ist ja stadtbekannt. Dass ihr Vertriebsleiter nun aber auch bei diesem Papageienlook mitzieht, hätte ich nicht für möglich gehalten. Peinlich, zutiefst peinlich! Als Mann klarer Worte muss ich ihnen Folgendes mitteilen: Entweder Sie setzen diesem Affentheater ein Ende, oder wir müssen den Auftrag an jemand anderen vergeben. Ich mache mich ja lächerlich, wenn der Laden hier von Clowns und menschlichen Papageien unterlaufen wird. Das würde bei uns nie durchgehen! Manchmal habe ich den Eindruck, dass bei euch IT-Typen irgendwann um die vierzig die Sicherungen durchbrennen. Unbegreiflich! Darf ich raten: Midlife-Krise, junge hübsche Kollegin, ewiges Gelaber über verpasste Chancen und eine wilde Entschlossenheit, das Rad der Zeit zurückzudrehen, richtig?"

Gruber schwieg.

„Ach ja – Wahrscheinlich gibt es bei den DigITellers auch einen Tischkicker, einen Flipper und ein Dartboard – um die Innovationsfreudigkeit eines Start-Ups zu suggerieren, korrekt?"

Wieder schwieg Gruber.

Dann sagte er: „Ich würde mich sehr freuen, wenn Sie sich für die DigITellers entscheiden. Danke für ihr offenes *Feedback*. Wir sind an einer langfristigen Zusammen..."

„Ist schon gut", unterbrach ihn Hartmann. „Sonst kann sich das Portfolio von euch ja sehen lassen. Sie hören von uns!"

Unmittelbar nach der Unterredung mit dem COO bestellte Gruber Marketingleiter Berger und Vertriebsleiter Aumann in sein Büro.

„Um es kurz zu machen", begann dieser. „Den Auftrag hätten wir bereits in der Tasche, wenn Sie – ja, ich meine Sie beide – nicht wie Papageien durch die Gegend laufen würden. Eine Schande ist das! Hartmann hat mir zu verstehen gegeben, dass er sich mit uns blamieren würde. Deshalb fordere ich Sie beide auf, endlich mit ihrem penetranten Hipster-Getue aufzuhören. Werden Sie endlich erwachsen! Nehmen Sie sich ein Beispiel an diesem Pedro. Kompetent und authentisch kommt der junge Mann rüber! Eben professionell! Habe ich mich klar und deutlich ausgedrückt? Und noch etwas: Bringen Sie endlich diesen bescheuerten Tischkicker, den Flipper und das Dartboard aus dem Pausenraum. Irgendwann ist mit dem Blödsinn Schluss. Wir sind ja kein Kindergarten!"

Berger und Aumann nickten. Die Unterredung war beendet. Gruber hatte sich klar genug ausgedrückt.

Großes hätte dieser nach diesem einschneidenden Erlebnis nun mit Pedro – dem *Head of Social Media* - vorgehabt. Gruber betrachtete die schlichte Eleganz des Dreißigjährigen, der sich als Einziger keine modischen Eskapaden geleistet hatte, nun mit besonderem Wohlwollen. Auf einem Organigramm, das er bereits fertiggestellt hatte und das er schon beim nächsten Strategiemeeting präsentieren wollte, hatte er diesen sogar schon zum neuen *Head of Sales* ernannt. Aumann hätte er diese organisatorische Änderung schon irgendwie verklickert und ihn zum neuen *Head of Digitalization* ernannt.

Doch kam es zu diesem Postenschacher nicht mehr. Pedro hatte in der Zwischenzeit einen besser dotierten Job bei einem Konkurrenten der DigITellers gefunden, und so blieb Aumann stolzer *Head of Sales*.

Auch Berger kam mit einem blauen Auge davon. Seine Stelle als Marketingmanager behielt er. Doch musste er sich auf Geheiß Grubers völlig neu einkleiden.

Aumann kehrte - insgeheim erleichtert - zu seinem altbewährten Modestil zurück. Das schwarz-weiß-karierte Sakko, die roten Chinos und die moosgrünen Sneakers vernichtete er nach dem Meeting mit Gruber augenblicklich. Seinem jugendlichen *Spirit*, seinem Charisma und seiner Zukunftsorientierung könne er zukünftig auch mit edlen Anzügen und noblem Understatement Ausdruck verleihen, argumentierte er. Auch hätte er es nicht nötig, Modetrends sklavisch zu folgen - er beeindrucke auch so durch Originalität und unvergleichliche Authentizität.

Anspieltipp:
Sensational (2016)
Robbie Williams

Die Crux mit der Wahrheit

„Aumann, sofort in mein Büro – und bringen Sie diesen verdammten Binder gleich mit! Die Sache mit der *Epikurbank* wird Konsequenzen haben. Darauf können Sie sich verlassen!"

Gruber brüllte so laut in den Hörer, dass Aumann sein Telefon auf den Tisch legte und auf Lautsprecher schaltete. Den Lautstärkepegel reduzierte er auf zehn Prozent, hörte Gruber aber noch immer aufgebracht durch das Büro schreien. Glücklicherweise bemerkte das sonst niemand. Es war Freitag, und fast jeder DigITeller machte Homeoffice.

Leider war aber auch Binder nicht da. Die letzten drei Tage und Nächte hatte dieser fast rund um die Uhr im Büro verbracht und fieberhaft an der *Epikur*-Abschlusspräsentation gearbeitet. Am Dienstag war er sogar mit Schlafzeug und Toilettentasche im Büro aufgetaucht und hatte seine spärliche Schlafzeit im firmeneigenen Relax-Raum auf der Couch verbracht. Ein Topmann war Binder – professionell, erschreckend klug und sogar ehrlich. Irgendwann musste aber auch der beste Mann ruhen, und so hatte Aumann ihm gestern nach der Abschlusspräsentation bei der *Epikurbank* aufgetragen, endlich auch mal *Quality-Time* mit seiner Verlobten zu verbringen.

„Selbst der beste Mitarbeiter wird irgendwann mürbe. Ich habe noch viel mit Ihnen vor", hatte er gemeint, ihm auf die Schulter geklopft und ihn dann nach Hause geschickt.

Diesmal befolgte Binder seinen Rat. Den Wecker hatte er an diesem Freitag auf halb neun gestellt. Er schlief sich aus. Um neun Uhr duschte er gemütlich, und als er das erste Mal auf sein Handydisplay schaute, war es bereits viertel nach neun.

Fünf Anrufe in Abwesenheit, zwei Sprachnachrichten und drei *WhatsApp*-Messages! Immer war es Aumann. Weitere zwei Nachrichten entdeckte er im Postfach seines E-Mail-Accounts. In der Betreffzeile stand fett gedruckt: „Bitte um sofortigen Rückruf! Sofort ins Office kommen!"

„Das war's wohl mit der heutigen *Quality-Time*", seufzte Binder und gab seiner noch schlafenden Verlobten einen Kuss auf die Stirn.

„Schatz, ich muss heute doch ins Office", schrieb er auf einen Zettel und legte diesen neben ihr Kopfkissen. Zehn Minuten später saß er bereits in seinem alten VW und überlegte angestrengt, warum Aumann ihn so aufgebracht kontaktiert hatte.

Mit einem schroffen „Sofort mitkommen, wir werden schon erwartet!" begrüßte ihn sein Vorgesetzter, und als Binder fragte, worum es denn gehe, antwortete dieser, „Das würde ich auch gerne wissen. Der Gruber ist jedenfalls auf Hundert!"

Drei Minuten später fanden sich Vertriebsleiter Aumann und *Senior Software Consultant* Binder bei Geschäftsführer Gruber im Büro ein. Aumann hatte untertrieben: Gruber war nicht auf Hundert - er war auf Hundertzehn.

„Binder, wie alt sind Sie eigentlich?", begann der Geschäftsführer der DigITellers.

„Zweiunddreißig war ich dieses Jahr", antwortete dieser höflich, wobei mein Geburtstag auf den 29. Februar fällt. Das bedeutet, dass alle vier Jahre…"

„Hören Sie auf damit!", unterbrach hn Gruber. „Was ich sie viel eher fragen sollte: Sind die Diplome, mit denen sie bei uns angetanzt sind, vielleicht die Zeugnisse eines weltfremden Vollidioten? Wissen Sie, wer mich heute Morgen angerufen hat?"

Aumann und Binder schüttelten den Kopf.

„Zoller hat mich angerufen. Ja, DER Zoller von der *Epikurbank*. Es ging um Ihre Präsentation gestern. Eine Katastrophe! Eine einzige Katastrophe! Was haben Sie sich eigentlich dabei gedacht?!!"

„Herr Gruber, ich verstehe nicht. War eine Kennzahl nicht korrekt? Ich versichere Ihnen, dass ich alles sorgfältig nachgerechnet habe. Sämtliche Softwareprozesse habe ich analysiert, jede einzelne Schnittstelle, die Skalierbarkeit der Systeme, die Kosten für *Support & Maintenance*, die Ausfallsicherheit, die *Performance*, die…"

„Hören Sie auf, ich verstehe eh kein Wort davon. Es geht doch nicht darum!"

„Aber worum geht es dann?", fragte Binder erstaunt.

Gruber schüttelte den Kopf, ging zu seinem Bürofenster und fuhr dann fort.

„Sie haben doch eine Verlobte, oder?"

Binder nickte.

„Gut. Dann nehmen wir mal an, dass ich Sie heute rausschmeiße und Ihre Teure ab sofort alle Rechnungen zahlen muss. Während Sie faul auf der Couch liegen und Playstation spielen, schuftet sie sich krumm und dämlich und verdrückt in ihrer Verzweiflung Unmengen an Fast Food. Eines Abends kommt sie mit einem schicken Kleid nach Hause und fragt ‚Schatz, wie sehe ich aus?'

„Das Dumme daran: Ihre Teure hat in den letzten Wochen zehn Kilo zugenommen, weil sie vor lauter Arbeit nicht mehr ins Gym geht. Ihr Hinterteil ist jetzt so rund wie eine Wassermelone und ihre Hüften erinnern an einen Marshmallow. Was antworten Sie, Binder? Los, was antworten Sie ihr?"

Binder überlegte.

„Also ich würde sagen, dass ihr das Kleid prinzipiell steht, aber aufträgt. Dann würde ich überlegen, welche Diät geeignet wäre entgegenzusteuern …", begann er.

„Aumann, ich hab es Ihnen gesagt! Der Mann ist ein Trottel!", unterbrach ihn Gruber. „Ich hab Sie gewarnt, aber Sie wollten ja nicht auf mich hören! Wir brauchen Praktiker! Wir brauchen *Customer Centricity* und keine schwachsinnigen Consultants, die glauben, dass sie einem die Welt erklären können! Wir brauchen…"

Gruber gestikulierte wild und konnte sich kaum beruhigen.

„Hören Sie, Binder! So wie jeder vernunftbegabte Mann seiner Frau verklickert, dass sie die Schönste und die Beste ist, so bestätigt jeder Consultant seinen Kunden das, was sie hören wollen - nicht das, was Sache ist! Glauben Sie tatsächlich, dass der Zoller uns einstellt, weil er unseren Rat hören möchte? Leben Sie denn auf dem Mond?"

„Aber Herr Gruber, ich dachte, es ging um eine Softwareanalyse der *Bold*-Software und der *Veritas*-Software. Ich dachte, dass die Entscheidungsgrundlage eine saubere Analyse der Alternativen ist und dann CIO Zoller die Möglichkeit hat…"

„Binder, halten Sie den Mund", unterbrach ihn Gruber erneut.

„Zoller ist stinksauer. Wie kann man nur so blöd sein, eine Softwareempfehlung für *Veritas* abzugeben, wenn die

Bold-Software sein Baby ist und er als alleiniger Entscheider auftritt!"

So ging es eine Viertelstunde. Als Gruber sich einigermaßen beruhigt hatte, nahm er auf seinem Stuhl Platz und erklärte Vertriebsleiter Aumann und *Top Senior Software Architect & Consultant* Binder:

„Sie haben das ganze Wochenende Zeit, um diese Fehlanalyse zu berichtigen. Zoller erwartet mich am Montag um elf Uhr in seinem Büro. Aumann, Sie werden mich begleiten. Binder, ich rate Ihnen, die Zeit gut zu nützen! Ich will am Montag um acht Uhr eine vernünftige Präsentation haben, aus der hervorgeht, dass alles ein bedauernswertes Missverständnis war. Und hören Sie auf mit diesen Folienschlachten! Diesen technischen Krimskrams versteht ohnehin niemand, und den ganzen Kennzahlenkram liest kein Mensch. Geben Sie dem Zoller einfach, was er hören will. ‚*Veritas* – mies, *Bold* – top' soll am Schluss der Analyse stehen. Keine Romane! Dass Zoller Sie nie wieder sehen möchte, muss ich sicherlich nicht betonen. Aumann und ich werden versuchen, aus diesem Schlamassel rauszukommen. Wenn uns die *Epikurbank* wegbricht, ist das ganze Geschäftsjahr im Eimer!"

„Ach Binder", sagte Aumann, nachdem sie Grubers Büro verlassen hatten. „Sie sind doch so klug, warum nur?" Binder schwieg. Dann fing er wieder an:

„Ich verstehe nicht, wo der Fehler war. Es geht doch um die beste Lösung! War es eine falsche Kennzahl? Habe ich einen Prozess falsch analysiert? Ich gestehe, dass ich bei der *ARAP3*-Eigenentwicklung nicht ganz präzise war. Die *Epikur*-Kollegen wollten die letztjährigen *Support & Maintenance*-Zahlen partout nicht rausrücken. Ich habe daher auf das Datenmaterial der letzten fünf Jahre zurückgegriffen und einen Durchschnittwert kalkuliert. Ich weiß, dass dieser Ansatz etwas handgestrickt ist. Die Durchschnittswertmethode ist aber dann legitim, wenn …"

„Binder, halten Sie den Mund", unterbrach ihn nun auch Aumann. „Sie fahren jetzt wieder nach Hause und machen sich, mir, Gruber und allen DigiTellers einen Riesengefallen: Sie suchen nach den Punkten, bei denen die *Bold* besser ist als die *Veritas*. Und wenn Sie die gefunden haben, blasen Sie alles bis Ende nie auf. Haben Sie verstanden?"

„Aber Herr Aumann, ich kann Ihnen versichern, dass die *Veritas*-Anwendung in ALLEN Punkten überlegen ist und dass…"

„Binder, halten Sie endlich den Mund", brach es aus Aumann nun lauter hervor. „Bauen Sie mir eine verdammte Präsi, in der das Gegenteil vom Donnerstag drinnen steht. Noch einmal: ‚*Veritas* = mies und *Bold* = top' soll rauskommen. Das kann ja nicht so schwer sein, OK?"

Aumanns Abschied von Binder gestaltete sich an diesem Freitag kühl. Stinksauer setzte sich der *Head of Sales* in seinen weißen Tesla und brauste aus der DigITellers-Parkgarage.

„Warum liegen Genie und Wahnsinn oft so nahe beieinander?", sinnierte er und schüttelte den Kopf.

Die Überarbeitung der Präsentation war nun Binders Verantwortung. Das Wochenende würde er sich wegen Binders Consulting-Amoklauf jedenfalls nicht ruinieren lassen. Was schiefgelaufen war, glaubte er aber bereits während der Heimfahrt zu wissen.

Eigentlich war Aumanns Frau schuld. Sie hatte ihn letzte Woche förmlich genötigt, gemeinsam ins Theater zu gehen. Ein Nestroy-Stück wollte sie sehen, weil sie die Intrigen der damaligen Gesellschaft so amüsant fand. Aumann hasste Nestroy. Der blöde Bühnenschwank hatte ihn zudem so gestresst, dass er Binder versehentlich ein *Org-Chart* geschickt hatte, auf dem Zoller als „Neutraler Entscheider" ausgewiesen war.

Zoller und ein neutrales *Smiley* – mein Gott, wie konnte das nur passieren! Der CIO der *Epikurbank* hasste *Veritas* wie die Pest, was ja kein Wunder war: Er selbst hatte anno dazumal die *Bold*-Software eingeführt und liebte diese Lösung. Zoller hatte mit dem Geschäftsführer der DigITellers studiert und konnte sich mit diesem immer wieder den einen oder anderen lukrativen Deal ausschnapsen. Die jährliche Verlängerung des Servicevertrags fiel in diese Rubrik. Jeder vernunftbegabte Mitarbeiter in der *Epikurbank* machte daher um sein „Baby" - die *Bold*-Software - einen weiten Bogen. Jene Querulanten, die dennoch über deren mangelnde Benutzerfreundlichkeit, unterirdische *Performance* und die ständigen Systemabstürze lästerten, brachte Zoller rasch zum Schweigen. Aber auch das hatte dieser Naivling Binder bis zum Schluss nicht verstanden.

Dann war Aumann aber noch ein zweiter Fehler passiert. Er hatte seinem „Star-Consultant" eine simple E-Mail geschrieben, in der stand: „Hau rein, *just focus on the facts"*, und selbst eine solche *Zero-Content-E-Mail* hatte dieser für bare Münze genommen. Dass er ihn nicht zum Meeting begleitet hatte, war vielleicht der dritte Fehler gewesen. Man konnte sich aber schließlich nicht um alles kümmern.

Aumann seufzte während seiner Heimfahrt sehr häufig. Auf den CEO der *Epikurbank* – Gerhard Artner - konnte Aumann ebenfalls nicht setzen. Der Achtundsechzigjährige weigerte sich noch immer standhaft, seine E-Mails selbst zu schreiben und verstand von der IT so viel wie ein Zentralafrikaner vom Gletscherskifahren. Wirklich jedes IT-Thema delegierte er an Zoller. In Sachen IT war dieser Gott, Richter, Ankläger und Verteidiger in einer Person. Aber auch das hatte Binder bis zum bitteren Ende nicht verstanden. Ein letztes Mal seufzte Aumann, bevor er seinen Tesla in der Hausgarage einparkte. Irgendwie würde er aus der Nummer aber schon rauskommen. Um Punkt drei Uhr würde er diesen Naivling Binder nochmals anrufen und ihm klarmachen, dass in Wien nun mal der Balkan beginne und er diesen Umstand zu akzeptieren habe.

Auch Binder hatte in der Zwischenzeit seine Wohnung erreicht und starrte konsterniert auf den Monitor in seinem Arbeitszimmer. Die Präsentation am Montag würde kurz ausfallen. Die *Bold*-Anwendung war eine einzige Katastrophe und widersprach sämtlichen Softwarequalitätsansprüchen, die Zoller offiziell eingefordert hatte. Verdammt nochmal, wie sollte er nur eine positive Beurteilung für diesen Mist abgeben? Lange hatte Binder die Software überhaupt nicht testen können, weil sie immer abgestürzt war, und als er sie endlich zum Laufen gebracht hatte, tauchten am Bildschirm so viele Fehlermeldungen auf, dass alle anderen Programme in die Knie gingen.

Für diesen Job hatte sich Binder auf der Uni tatsächlich so ins Zeug gelegt? Gedankenverloren starrte der *Senior Software Consultant* auf den Ehrenring, den ihm der österreichische Bundespräsident drei Jahre zuvor an der Technischen Universität Graz überreicht hatte. Mit einer „Sub Auspiciis Praesidentis"-Auszeichnung hatte Binder promoviert, wobei er nebenbei noch ein Wirtschaftsstudium absolviert hatte.

„Leute wie Sie braucht Österreich", hatte der nette ältere Herr ihm persönlich gesagt, und er war furchtbar stolz gewesen. Die anschließende Jobsuche war ein Kinderspiel. Die Unternehmen rissen sich förmlich um Binder, und schon in der ersten Woche hatte er zehn Angebote in der Tasche. Letztlich entschied er sich aber für die DigiTellers, weil er unbedingt in die Software-Architekturberatung wollte und beim Einstellungsgespräch alle so nett gewesen waren.

Tatsächlich schlug Binder ein wie eine Bombe. Der Ruf eines Genies eilte ihm voraus, und bereits nach drei Monaten wurde er als *Senior Consultant* von einem strategischen *Must-Win*-Projekt zum nächsten gereicht.

Nur intellektuell blieb er recht einsam. Aumann verstand zu seiner Verwunderung von Software weniger als Steve Jobs von echten Äpfeln. Berger mied ihn, weil er sämtliche Marketinginformationen nach inhaltlichen Ungenauigkeiten durchforstete und auf technische Ausdrucksfehler hinwies. Den Geschäftsführer selbst, Gruber, bekam er selten zu Gesicht. Binder hörte nur, dass sich dieser angeblich überall mit dem Neuzugang und Genie Binder brüstete und behauptete, dass alle DigiTeller-Consultants sein Format hätten.

Seit der *Epikurbank*-Präsentation war nun aber alles anders. Dass Binder die *Veritas*-Software als *Preferred Choice* vorgestellt hatte, war Consulting-Harakiri vom Feinsten gewesen. Dennoch wäre eine Softwareempfehlung „pro *Bold*" so glaubhaft rübergekommen wie der Versuch, die

Schwerkraft als Verschwörungstheorie zu brandmarken. Solche Situationen hatte Binder auf der Uni nicht kennengelernt. Nicht einmal der Ehrenring des netten Herrn Bundespräsidenten half ihm nun weiter.

Um Punkt drei Uhr läutete Binders Mobiltelefon. Es war Aumann.

„Mit allem Respekt, Binder, aber an Ihrer *Customer Centricity* müssen Sie wirklich noch arbeiten. Beim nächsten Mitarbeitergespräch werden wir das in Ihre *KPIs* aufnehmen", meinte Aumann.

Binder sagte nichts.

„Also – Zoller ist am Montag King und Emperor in einem. Er entscheidet. *Short & Crispy* muss die Präsentation sein - mit einer klaren Empfehlung für die… naja, das brauche ich Ihnen wohl nicht sagen, Sie sind ja der Experte. Ich vertraue voll Ihrer Expertise. Hauen Sie rein und schicken Sie mir das Ding noch am Sonntag. Ich werde es evaluieren, und am Montag treffen wir uns um acht Uhr in Grubers Büro. Einverstanden?"

„Einverstanden", seufzte Binder und machte sich dann auf die Suche nach verborgenen Stärken der *Bold*-Software.

Aumann hatte hingegen Stress mit seiner Frau. Ein weiteres Nestroy-Theaterstück wollte sich diese am Samstagabend ansehen, und wieder musste Aumann mitkommen. Das würde erneut langweilig werden – wenn auch immer noch unterhaltsamer als dieser ganze Software-Kram.

Binder bemühte sich die folgenden zehn Stunden redlich, Stärken der *Bold*-Software ausfindig zu machen. Ohne Erfolg. Eine einzige Slide erstellte er schließlich für Aumann. Auf dieser war zu lesen:

- „bereits bekannt"
- „im Unternehmen verankert"
- „bei Festhalten an *Bold* keinerlei Migrationskosten und Einschulungskosten"

Zweimal übergab sich Binder, bevor er seine „überarbeitete Analyse" an Aumann schickte. *„Short & Crispy"* war die Präsentation nun ohne Zweifel. Binder musste den Mist zumindest nicht selbst präsentieren.

Wie vereinbart trafen sich Aumann und er am Montag Morgen um acht in Grubers Büro.
„Short & Crispy - es geht ja!", meinte Gruber. „Noch ist das Kind nicht in den Brunnen gefallen. Wenn die bei *Bold* bleiben, können wir nächstes Jahr weitere zweihundert Consultingtage fakturieren. Das hat mir der Zoller jedenfalls gestern Abend am Telefon verraten. Bleiben Sie trotzdem erreichbar, Binder! Im Notfall melden wir uns bei Ihnen per Videokonferenz."
Binder nickte.
Um Punkt halb elf Uhr setzten sich Gruber und Aumann in ihren Tesla und fuhren zur *Epikurbank*. Binder hoffte

inständig, in der nächsten Stunde keinen Anruf zu erhalten, doch wurde er enttäuscht. Nur eine Minute nach elf Uhr läutete das Telefon. Es war Aumann, und er war außer sich. „Binder, sofort herkommen. Bei der Rezeption ist uns soeben mitgeteilt worden, dass Zoller heute nicht am Meeting teilnimmt. Der alte Artner ist dafür urplötzlich aus dem Nichts aufgetaucht. Ich weiß nicht, was das Ganze soll. Angeblich möchte er sich selbst ein Bild von der Lage machen. Also: Laptop nicht vergessen. Momentan kein Stau. Wenn Sie sich beeilen, sind Sie in zwanzig Minuten hier!"

Binder seufzte. Etwa zwanzig Minuten später betrat er das Besprechungszimmer der *Epikurbank*, wo Artner ihn bereits ungeduldig erwartete. Gruber und Aumann begrüßten ihn mit einem dezenten Achselzucken.

„Da Herr Binder sich nun auch zu uns gesellt hat, können wir ja beginnen", begann Artner. „Vorwegnehmen möchte ich, dass Herr Zoller mit dem heutigen Tag nicht mehr in unserem Unternehmen tätig ist. Mir wurde jedoch zugetragen, dass Sie, Herr Binder – ja Sie - letzten Donnerstag einige außerordentlich interessante Fakten präsentiert haben. Ich möchte Sie bitten, diese hier und jetzt erneut vorzutragen."

„Sie meinen die Präsentation von Donnerstag?", fragte Binder unsicher und schaute zu Aumann und Gruber, die nervös nickten.

„Ja, genau die. Ich bin kein IT-Fachmann, aber Ihre *Empfehlung* vom Donnerstag schien mir bei der ersten Lektüre schlüssig zu sein. Gehen wir daher gleich zu den *Key Facts.*" Binder nickte.

„Also: Auf Basis einer detaillierten Software-Evaluierung der Applikationen *Bold* und *Veritas* denke ich, dass die Businessapplikation *Veritas sowohl* technologisch als auch wirtschaftlich mittelfristig große Vorteile mit sich bringen würde. Der technologische Mehrwert und das Einsparungspotenzial..."

Binder hielt in den kommenden zehn Minuten eine überzeugende Kurzpräsentation, und am Nicken Artners merkte er, dass seine Stimme gehört wurde. Der Achtundsechzigjährige machte sich Notizen, stellte Zwischenfragen und versicherte ihm, dass er sich diese Woche noch persönlich bei ihm melden werde.

Unmittelbar nach dem Meeting flüsterte Gruber seinem Star-Consultant zu: „Ich habe immer große Stücke auf Sie gehalten. Ihnen gehört die Zukunft."

Auch Aumann zeigte sich begeistert.

„Ich sag´s ja immer – *Customer Centricity* ist alles. Ihre *KPIs* werden Sie dieses Jahr erreichen."

Unsicher lächelte Binder zurück. Für eine Antwort blieb ihm aber keine Zeit, weil er schon im nächsten Moment von Artner angesprochen wurde.

„Herr Binder, haben Sie vielleicht zehn Minuten Zeit für ein Vier-Augen-Gespräch?"

Binder nickte, und als Aumann und Gruber bereits die *Epikurbank* verlassen hatten, bat ihn Artner in das kleine Konferenzzimmer neben der Rezeption.

„Bitte setzen Sie sich", sagte er zur Begrüßung und kam dann rasch zum Punkt.

„Wie ich bereits erwähnt habe, ist Herr Zoller mit dem heutigen Tag nicht mehr CIO der *Epikurbank*. Seine Stelle ist vakant, und genau dieser Umstand ist auch der Grund dieser Unterredung. Herr Binder, können Sie sich vorstellen, als CIO bei uns im Unternehmen anzufangen? Wir brauchen einen Neustart. Angesichts Ihrer wirtschaftlichen und technischen Kompetenz bin ich überzeugt davon, dass Sie in dieser Position eine gute Figur machen würden. Bei allem Respekt für die DigITellers: Ich brauche einen CIO, der weniger redet, aber umso mehr tut. Mir gefällt Ihr professioneller Ansatz. Sie haben Ihr Handwerk gelernt. Es ist schön, dass es noch junge Leute wie Sie gibt. Überlegen Sie sich´s. Finanziell soll es Ihr Schaden nicht sein."

Binder nickte und beendete noch am selben Tag seine Beraterkarriere bei den DigITellers. Bei seinem Exit-Telefonat bedankte er sich - noch immer höflich - für die exzellente Zusammenarbeit und Grubers *Leadership*. Der neuen Herausforderung könne er aber einfach nicht widerstehen, betonte er.

Binder hatte dazugelernt.

Gruber kochte vor Zorn, und unmittelbar nach dem Telefonat rief er seinen *Head of Sales* an.

„Aumann, sofort in mein Büro – dieser verdammte Binder hat gekündigt! Und das, nachdem ich Unsummen in seine Ausbildung investiert und ihm immer die Stange gehalten habe. Was soll man denn noch alles für seine Mitarbeiter tun?!", brüllte er ins Telefon.

Aumann seufzte und gab sich konsterniert.

„Manchmal fehlen auch mir die Worte", antwortete er. „Aber Undank ist bekanntlich der Welten Lohn!"

 Anspieltipp:
Policy of truth (1990)
Depeche Mode

Wie man Kunden begeistert

Dass der Juli-Workshop kein Honiglecken werden würde, hatte Cernik schon im Vorfeld geahnt. Fast schon verzweifelt hatte Aumann ihn zwei Wochen zuvor angerufen und ihm mitgeteilt, dass sein *Sales Team* dringend Schulungsbedarf hätte.

„Wir brauchen mehr *Customer Centricity* und *Passion* bei den DigITellers", hatte dieser in den Hörer gejammert und verzweifelt „und zwar *ASAP*" ergänzt. Keine Frage, der Mann brauchte Hilfe. Glücklicherweise war er für solch akute Notfälle die richtige Wahl.

Cernik und Aumann kannten sich seit dem Studium, und obwohl sie keine wirkliche Freundschaft verband, hatte sich im Laufe der Jahre doch eine äußerst fruchtbare Kooperation entwickelt. Aumann schanzte Cernik gelegentlich Sales-Seminare zu, und Cernik bedankte sich wiederum bei seinem Bekannten mit der einen oder anderen „Dankeschön-Prämie".

„Leben und leben lassen", war das Motto beider, und in der Tat waren Cerniks Seminare im *Aurora* – einem ruhigen Seminarhotel im schönen Sulz im Wienerwald - zumeist ein durchschlagender Erfolg. Auch diesmal hatte man sich daher für den bewährten Standort entschieden.

Heiß war es am besagten Julimontag, als sich Aumanns Team um Punkt zehn Uhr im Seminarraum einfand und dort von einer strahlend gelben Flipchart-Sonne begrüßt wurde. Cernik war vorbereitet. In Großbuchstaben hatte er unter die Sonne *„Passion has led us here* – Unsere Leidenschaft hat uns hierhergeführt" auf das weiße Flipchartpapier geschrieben, weil genau diese Leidenschaft Aumanns Hauptanliegen war. Irgendwie war zuletzt Sand ins Getriebe der DigiTellers geraten. Dass der *Head of Sales* begeistern konnte, stand außer Frage. Doch war er nicht sicher, ob es auch die anderen draufhatten. Neue Aufträge waren nach Binders Ausstieg jedenfalls ausgeblieben, und manche Kunden reagierten auf Gratistickets und diskrete Gefälligkeiten überraschend abweisend. Hatte die Welt völlig ihren Humor verloren, oder lag es tatsächlich an zu wenig *Customer Centricity* und *Passion*?

Schwarz, seines Zeichens *Head of Customer Service,* hatte unter diesem offensichtlichen Mangel an Leidenschaft vielleicht am meisten zu leiden. Dutzende, wenn nicht sogar hunderte Kundenbeschwerden waren in den letzten Monaten bei ihm im Callcenter eingetrudelt. Ständig schmiss irgendein *Senior Consultant* in Aumanns Team das Handtuch und wurde von einem blutigen Anfänger ersetzt. Der setzte dann das nächste Projekt in den Sand. Schwarz konnte die Reklamationen dann ausbaden. Kein Zweifel: Die Lage war angespannt, doch hatten Gruber und Aumann umgehend reagiert und auch Schwarz beim *out of the box-Thinktank* in Sulz mitberücksichtigt. Dass dieser anfangs dankend abgelehnt hatte, war für Aumann ein Affront gewesen. Letztlich hatte Gruber dem *Head of Customer Service* aber klargemacht, dass nur ein anderes *Mindset* den *Turnaround* bringen könnte. Schwarz war also mit von der Partie. Selbstverständlich wusste Cernik von diesen internen Querelen aber nichts, als er um genau 10 Uhr ein erwartungsfrohes „Was ist das?" in die Runde schleuderte. Auf seinem Flipchart waren drei Kreise abgebildet, die sich harmonisch überschnitten.

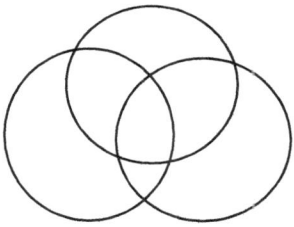

„Na, na?", setzte er nach, als eine Antwort ausblieb, und dann schrieb er mit seinem blauen Marker *„Customer*

Journey" in den linken unteren Kreis. Mit demselben Enthusiasmus fragte er nach der Funktion des rechten unteren Kreises, und als er erneut keine Antwort bekam, beschriftete er den letzten Kreis ohne Publikumsbeteiligung. Anschließend nahm Cernik einen Neonmarker zur Hand und schrieb in die Kreissegmente das Zauberwort „*Passion*". Als auch diese graphische Herausforderung bewältigt war, betrachtete er zufrieden sein Werk.

Leider blieb aber auch nach dieser Großtat das Feedback aus. Es war einfach zu heiß. 30 Grad Celsius zeigte das Innenthermometer. Die Klimaanlage war noch immer kaputt, weil der für den Vortag bestellte Servicetechniker krankheitsbedingt nicht nach Sulz gekommen war. Neben der *Passion* war an diesem Seminartag nun auch *Transpiration* angesagt. Auf Cerniks Begeisterung hatte die Julihitze dennoch keinen Einfluss.

„Nun bleibt natürlich die Frage, wofür der innere Kreis steht – also jener Ort, wo die drei Bereiche eine magische Vereinigung eingehen, na, na?", setzte dieser fort.

Da er aber auch hierauf keine Antwort erhielt, klärte er die nach Wissen dürstenden DigITellers auf.

„*Total Customer Centricity* – kurz *TCC!*", rief er triumphierend aus.

Cernik hatte soeben das Grundgerüst des ersten Workshoptags graphisch vollendet. In insgesamt acht Farben konnten die DigITellers nun den heiligen Gral der „Kundenorientierung" bewundern.

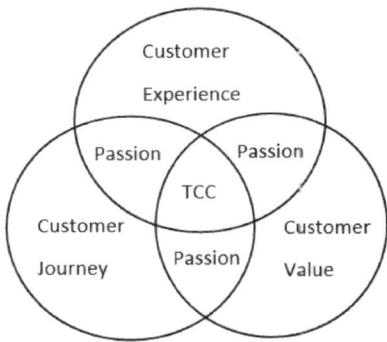

„Nach der Pause machen wir dann einen *Deep Dive*", wollte Cernik noch sagen, merkte aber, dass Aumanns Salesteam und Bergers Marketingteam bereits den Seminarraum verlassen hatten und am Büfetttisch alles vertilgten, was ihnen zwischen die Finger kam.

„Kein Wunder, dass man bei dieser Truppe verzweifelt. Weit und breit keine Passion und kein Commitment", dachte er sich und wischte sich den Schweiß von der Stirn. *„Aber egal - um vier mach' ich die Fliege."*

In diesem Moment poppte auf seinem Smartphone eine SMS auf. Seine Mutter hatte ihm geschrieben.

Nicht vergessen, Paul: 5 Uhr bei uns im Geschäft!! Papa und ich müssen noch zum Meier – heute kommen die neuen Statuen und Zwerge. Beim alten Kostron müssen wir auch noch vorbeischauen. Der hat's nicht mehr so mit den

Beinen. Halt im Laden einfach die Stellung. Höfler kommt
wegen der Buchhaltung vorbei.
Love & Peace
Mama

Cernik seufzte.

Verstanden. Bin um fünf bei euch, muss jetzt aber zurück in
den Workshop - ist echt wichtig, schrieb er zurück.

Alles klar. Weiterhin viel Erfolg! kam die augenblickliche
Antwort.

Ob der *Total Customer Centricity* - Workshop ein Erfolg
werden würde, konnte Cernik an diesem Montagmorgen
noch nicht sagen. Als er nach der Pause seinen *Customer*
Centricity-Deep Dive startete, waren von den fünfzehn
Mann jedenfalls erst neun in den Seminarraum zurückge-
kehrt. Die DigITellers genossen die Pause noch immer aus-
giebig.

„Wie kommt ihr an eure Kunden?", legte Cernik dennoch
mit unveränderter Begeisterung los. „Was passiert vom
ersten Kundenkontakt bis zum glücklichen DigITellers *Me-*
gadeal?"

„Eine Menge Mist, und nach dem Deal noch viel mehr
Mist", antwortete Schwarz, der soeben eine weitere Reklamation erhalten hatte und angestrengt überlegte, wie er
beim Kunden etwas Zeit schinden konnte.

Alle lachten. Nur Aumann fand Schwarz' Reaktion weniger
lustig.

„Ich denke, es wäre besser, konstruktiv und vor allem pro-aktiv zu denken. Wir sind schließlich alle ein Team."

„Manchmal müssen Emotionen eben sein", kalmierte Cernik.

Dann folgte ein engagierter Vortrag über die *Customer Journey* und die unendlichen Möglichkeiten der Kundenan-sprache.

„Vertrieb, Marketing, ein solides Serviceteam – ihr habt al-les! Jetzt geht es darum, engstirniges *Silodenken* abzulegen und den verfügbaren *Content* zu harmonisieren", meinte Cernik.

„Welcher Content von welchem Vertrieb?", warf Schwarz erneut ein, der soeben die nächste Kundenbeschwerde er-halten hatte. Aumanns Starverkäufer Hauser hatte seinem Hauptkunden – der *Epikurbank* – wieder einmal etwas technisch und kommerziell völlig Absurdes zugesagt. Schwarz konnte Hausers Harakiri-Zusagen nun ausbaden und hatte nicht die leiseste Idee, wie er aus der Nummer wieder herauskommen sollte. Trotzdem wählte er die Nummer seines Epikurbank-Ansprechpartners und ent-schuldigte sich bei den eifrig studierenden Seminarteilneh-mern. Der zweite Cernik'sche Kreis musste daher ohne Schwarz diskutiert werden.

„Was ist der *Customer Value* für eure Kunden? Was ist der *USP* der DigiTellers? Was macht euch zum *Best of Breed*-Anbieter?", setzte Cernik ungerührt fort.

„Das würde ich auch gerne wissen", antwortete diesmal Berger, seines Zeichens *Head of Marketing*. Wieder lachten alle.

„Aber mal im Ernst – ich denke, es ist unsere *Leading Edge Technology* gepaart mit unseren *Top-Consultants*. Und dann kommt natürlich der Zug aufs Tor dazu." Alle nickten. „Ich denke, das Thema können wir abhaken", meinte Cernik zufrieden. „Ich spüre, da stimmt das *Mindset*, da stimmen die *Vibes*."

So ging er zügig zum dritten Kreis – der *Customer Experience* – über.

„Die Kundenerfahrung", begann Cernik nun mit einem fast philosophischen Unterton, „ist jener Bereich, wo sich alles entscheidet. Er ist entweder die Vorstufe zum Paradies oder zur Hölle. Er entscheidet, ob ihr dominiert oder nur mitspielt – ob Ihr euren Kunden nur irgendetwas verkauft oder sie restlos begeistert!"

„Und genau in diesem Bereich" – Cernik wusste, wie man Spannung aufbaut und bohrte mit seinem Daumen fast ein Loch in den dritten Kreis – „entscheidet sich nicht nur eine Schlacht, sondern der ganze Krieg!"

Choreographisch perfekt abgestimmt schaltete er nun den Beamer ein und zeigte auf eine seiner Lieblingsfolien.

„Was macht diese vier Persönlichkeiten aus?", fragte er die DigITellers andächtig und ließ einige Heroen des 21. Jahrhunderts auf das Auditorium wirken:

- Elon Musk von Tesla
- Steve Jobs von Apple
- Jeff Bezos von Amazon
- Bill Gates von Microsoft

Sie alle sollten an diesem heißen Julitag die wissbegierigen DigITellers inspirieren.

„Was zeichnet diese Ausnahmepersönlichkeiten aus?", fragte Cernik erneut mit verklärtem Blick.

„Sie sind alle verdammt reich", antwortete Berger.

Wieder lachten alle.

„Wenn ich so viel Geld hätte, würde ich jedenfalls nicht in Sulz im Wienerwald Klausur halten", legte er nach.

Aumann verdrehte die Augen.

„Ja, das mag schon sein", kalmierte Cernik erneut. „Was sie aber vor allem gemeinsam haben, ist ihre außerordentliche Leidenschaft für *Customer Experience*. Und genau die werden wir uns in einer der *Breakout-Sessions* am Nachmittag anschauen. Ich freue mich schon darauf!"

Dann war *Lunchtime*.

Der Koch hatte auf der Terrasse ein Salatbuffet vorbereitet - eine vernünftige Menüwahl angesichts der 34 Grad, die das Thermometer mittlerweile zeigte. Stimmung kam dennoch kaum auf. Es war einfach zu heiß. Kraftlos und schlapp führten die DigITellers Essen und Trinken zum Mund, und Cernik hatte nach der Mittagspause Mühe, die *Customer*

Centricity-Aspiranten für die nun anstehenden *Breakout-Sessions* zu begeistern.

„Jetzt nähern wir uns dem Höhepunkt des heutigen Tages", sagte er dennoch mit ungebremster Motivation.

Die einzelnen Sessions erfreuten sich höchst unterschiedlicher Beliebtheit. In den *Customer Journey-Slot* wollte zunächst niemand. Da wurde Tacheles geredet - Mogeln war unmöglich. Schwarz leitete diesen, und sein Wutausbruch nach der dritten Reklamation, bei der er stinksauer in den Raum gestellt hatte, dass Aumanns Team von Software so viel Ahnung hätte wie ein Erstklässler von Einsteins Relativitätstheorie, machte seinen *Slot* nicht gerade attraktiver.

Die *Breakout-Session ,Customer Value'* kam wesentlich besser an. Die meisten DigITellers entschieden sich für diesen Slot, weil Berger ihn leitete und dieser nicht alles so bierernst nahm.

Im *Customer Experience*-Raum trafen sich schließlich die Schöngeister. Aumann übernahm den Vorsitz. Er wollte sein Team auf ein neues *Mindset* einschwören, um in diesem Jahr doch noch den *Turnaround* zu schaffen. Warum in den letzten Monaten so viel Sand im Getriebe gewesen war, konnte er sich noch immer nicht erklären.

„Nur noch zweieinhalb Stunden. Dann ist Schluss für heute", dachte sich Cernik, als die *Breakout-Sessions* begonnen hatten.

„Ich freue mich schon auf eine geballte Ladung eurer Kreativität", sagte er.

Dann verließ er erleichtert den Hauptseminarraum und genehmigte sich einen Energy-Drink.

Die nächsten zweieinhalb Stunden war Praxis angesagt. In Bergers Seminarraum wurde viel gelacht, während in Aumanns Session die Vorzüge einer perfekten Kundenorientierung erörtert wurden. Nur bei Schwarz war die Stimmung getrübt. Immer wieder hörte Cernik diesen im Seminarraum toben und schreien und sah daher von einer zu intensiven Betreuung der von ihm geleiteten *Breakout-Session* ab. Beim abschließenden *Wrap-Up* um viertel fünf waren sich Aumann und Schwarz dann auch noch in die Haare geraten. Der *Head of Service* hatte dem Vertrieb totale Unfähigkeit vorgeworfen, während Aumann Schwarz Destruktivität und ein völlig falsches *Mindset* unterstellt hatte. Nur Berger war ruhig geblieben. Nachdem er seine *Findings* direkt aus der Unternehmensbroschüre abgeschrieben hatte, empfahl er sich und genehmigte sich sein erstes Bierchen. Auch Cernik hatte zu diesem Zeitpunkt genug.

„Danke für Eure wertvollen *Findings*", sagte er zum Abschluss. Dann war auch er eine Staubwolke. Seine Mutter wartete schon auf ihn.

Der Gemischtwarenladen *Franz & Erna Cernik* lag etwa zehn Minuten entfernt vom *Aurora* an einer unbefestigten Schotterstraße in Sulz im Wienerwald. Vor genau fünfzig Jahren war Cerniks Vater Franz nach Sulz gekommen, um in dieser Einöde einen „Laden für einfach alles" aufzumachen. Franz war damals überzeugter Hippie gewesen, und da das Hippietum im Wien des Jahres 1972 auf der Beliebtheitsskala gleich nach Pest und Cholera rangierte, hatte er dem elterlichen Gemeindebau konsequenterweise den Rücken gekehrt. Mit ein paar Schilling, einem Zelt, einem Werkzeugkoffer und dem Soundtrack von *„Hair"* und W*olfgang Ambros' "Hofer"* verließ er Wien-Floridsdorf und strandete - eher dem Zufall geschuldet - in Sulz im Wienerwald. Nichts gab es dort zu sehen - absolut nichts! Und genau das gefiel Franz. Lange Zeit glaubte er, dass in diesem unentdeckten Waldjuwel wirklich jeder Dorfbewohner Bauer war oder sich als Magd verdingte und der Dorfgasthof von einem seltsamen Waldwesen geführt wurde. Franz war fasziniert. Mitten im Wald schlug er damals sein Zelt auf und lernte nur wenige Tage später Pauls Mutter kennen. Erna sah in Franz einen Mann von Welt - er war schließlich aus Floridsdorf. Im Liebesrausch beschlossen die beiden, einen alten Geräteschuppen zu mieten, den Franz zu einem Gemischtwarenladen umfunktionieren wollte.

Dass außer dem Dorfgasthaus in Sulz noch irgendetwas Anderes einen Schilling abwerfen könnte, ging dem Bürgermeister damals zwar nicht ein, doch hatte er gegen Franz' ambitionierte Pläne nichts einzuwenden. So entstand 1972 der Gemischtwarenhandel *„Franz & Erna Cernik"* in Sulz im Wienerwald.

Franz Cerniks „All you need is love"- Businessplan war aufgegangen.

Bescheiden entwickelte sich in den ersten Jahren das Geschäft. Schreibzeug, Werkzeug und Batterien konnte man bei *F. & E. Cernik* kaufen. 1975, in Pauls Geburtsjahr, fanden dann auch Gartenzwerge Eingang in das Verkaufssortiment, und ein Jahr später folgten Zierbrunnen, Plastikfrösche und sogar griechische und römische Statuen. Zu diesem Zeitpunkt hatte sich Franz seinen Hippiebart bereits abrasiert, den Schuppen erweitert und war zu einem richtigen Geschäftsmann mutiert. Das Musical *„Hair"* hörte er nur noch sehr selten.

Sieben Jahre später – Paul besuchte mittlerweile die Schule und glänzte mit Bestnoten – war der Handel mit Gartenzwergen und römischen Statuen bereits ein respektables Business geworden. Wollte man seinem Garten etwas Gutes tun, war Franz Cerniks Laden in Sulz im Wienerwald Anlaufstelle Nummer Eins. Franz und Erna liebten ihre Kunden, und die Kunden liebten sie.

Paul mochte Gartenzwerge nicht besonders. Mehr noch: Er hasste sie leidenschaftlich, und als er fünfzehn war, steckte er einmal einem besonders geschmacklosen Exemplar einen Joint in den Zwergenmund. Er empfand die Entwicklung seines Vaters von *„Let the Sunshine in"* zu *„Zwerg*

Nase" als Trauerspiel und musste das einfach kundtun. Franz verzieh ihm aber auf der Stelle.

„Das ist die Jugend", meinte er gutmütig. „Dass aus meinem *‚Love & Peace*-Schuppen' eines Tages eine Gartenzwerghochburg werden würde, hätte ich mir 1972 auch nicht gedacht."

In den Neunzigern ging Paul Cernik dann nach Wien. Auf der Wirtschaftsuniversität studierte er „Internationales Marketing" und machte dann noch einen MBA im Bereich „Kunden- und Servicemanagement" bei Universitätsprofessor Dr. Bernd Hofbauer. Franz und Erna Cernik waren stolz auf ihren Sohn.

Mit den Gartenzwergen und den römischen Statuen im Laden seiner Eltern hatte er zu diesem Zeitpunkt bereits seinen Frieden geschlossen. Wenn seine mittlerweile siebzigjährigen Eltern keine Scham kannten, wollte auch er kein Miesepeter sein. Auch zog es ihn nach einigen Stationen bei internationalen Unternehmen in Wien nun wieder häufiger in seine Heimat. Da er mittlerweile im Schulungsbereich arbeitete und Sulz im Wienerwald für Seminare eine gute Wahl war, wurde das *Aurora* bald sein bevorzugtes Schulungshotel - ein Ort, an dem er bisweilen auch die DigITellers mit Wissen beglückte.

Als Cernik, wie vereinbart, kurz vor fünf Uhr vor dem elterlichen Laden parkte, stieg eine gigantische Staubwolke auf. Obwohl der Bürgermeister von Sulz vor der letzten

Gemeinderatswahl hoch und heilig versprochen hatte, den Parkplatz asphaltieren zu lassen, war wieder nichts passiert. Ganze vierzig Jahre ging das nun schon so. Der Laden lag noch immer an einer unbefestigten Straße mit Schlaglöchern. In den Sommermonaten verwandelte sich diese regelmäßig in eine Staubwüste, die Asthmatiker das Fürchten lehrte.

„Endlich bist du da, Paul!", sagte Erna zu ihrem Sohn, als dieser in eine Sandwolke gehüllt den Laden betrat.

„Der alte Hofbauer hat schon zweimal angerufen. Er braucht die sechs Gartenzwerge ‚Marke Märchenwald' bis halb sechs. Die Nowak wartet auf den Zeus, und im Nachbarort hat einer einen Achill bestellt. Beim Merkator müssen wir auch noch vorbeschauen und Bürozeug nachkaufen. Den ganzen Tag läutet schon das Telefon. Jeder beschwert sich über das Fachpersonal im Einkaufzentrum. Der alte Huber meint, dass die Jungen nur noch chillen wollen und niemand mehr was arbeitet. Naja, uns soll's recht sein. Aber wie war dein Seminar? Alles gut gelaufen?"

Paul schwieg.

„Wir sind ein großes Stück weitergekommen", antwortete er schließlich.

„Das freut mich. Der alte Höfler kommt übrigens um halb sechs vorbei. Da wir letzte Woche auf seine Katzen aufgepasst haben, hilft er uns ein wenig bei der Buchhaltung. Papa hat nicht einmal genug Zeit, Rechnungen auszustellen. Wir sind ja ständig am Ausliefern. Die Kunden aus dem Einkaufszentrum kommen nun auch schon zu uns. Und das im Juli!"

Paul nickte. Bis sechs – spätestens halb sieben – würde er die Stellung halten. Das hatte er seiner Mutter versprochen. Dann musste er zurück ins *Aurora* und sich für die morgige *Total Customer Centricity – Deep Dive Expert Session* vorbereiten.

Um Punkt halb sechs öffnete sich die Tür des *Franz & Erna Cernik*-Gemischtwarenladens, und der alte Höfler trat ein.

„Habe die Ehre", sagte er freundlich und stürzte sich dann sofort auf einen Stapel loser Zettel, die Pauls Mutter hinterlassen hatte.

„Zoller, Zeus-Statue, 190 Euro, erste Rechnung, Gruß an die Oma ausrichten", stand auf einem.

Auf dem zweiten hatte sie vermerkt: „Petrovic, Gartenzwergset (6 Stück) á la ‚Star Wars', 320 Euro, zweite Mahnung, Bitte diesmal wirklich rasch zahlen, weil Franz sich schon aufgeregt hat".

„Tippen Sie die auf einem Laptop ein?", fragte Paul erstaunt, während der alte Höfler die losen Zettel in eine für ihn undurchschaubare Ordnung brachte.

„Einem was?", entgegnete Höfler.

„Vergessen Sie's! Ich meine: Was machen Sie mit den Zetteln? Wie kommen die Rechnungen zu den Kunden?", fragte Paul.

„Na, ich schreib sie neu. Was glauben Sie denn, warum ich herkomme? Nichts geht über die gute alte Handschrift! Naja, und das Frankieren übernehme ich auch. Das ist langweilig. Aber für die Erna mach ich das gerne – die hat das Herz am rechten Fleck, und meine Katzen akzeptieren nur sie."

Cernik starrte den alten Höfler mit offenem Mund an.

„Und warum nicht per Internet? Das geht doch viel schneller - und kostet nicht Unsummen an Porto!"

Höfler schüttelte den Kopf.

„Sie leben wirklich am Mond. An dieser Stelle in Sulz haben wir doch keinen Empfang! Und glauben Sie tatsächlich, dass jemand, der sich griechische Statuen in den Garten stellt, nicht auf eine Rechnung per Post warten kann?"

Paul wollte gerade antworten, als plötzlich die Ladenglocke läutete. Ein Mann, der ihm bekannt vorkam, betrat das Geschäft.

„Guten Tag", sagte dieser und näherte sich dem Ladentisch, hinter dem Cernik die Stellung hielt.

„Haben Sie außer dem römischen Neptun vielleicht auch einen griechischen Poseidon? Ich meine den mit dem seltenen Dreizack."

„Hinten links im Lager sollte noch einer stehen – hinter dem Achill und dem Hermes!", sagte Höfler wie aus der Pistole geschossen, ohne aufzublicken. Er war zu sehr in eine

Rechnung vertieft, an deren Ende er gerade „PS: Grüße an die Peppi-Tante" vermerkt hatte.

„Danke", sagte Paul leise und ging ins Lager.

Hinter einem Zwergendorf, das einige der griechischen Gottheiten verdeckt hatte, wurde er fündig.

„Hab ihn gefunden. Tatsächlich – hinter dem Achill!"

„Ich hab's doch gewusst!", sagte der alte Höfler und nickte.

„Sensationell! Wenn man was Besonderes braucht, gibt's eigentlich nur den Cernik in Sulz im Wienerwald! Wär' das OK, wenn Sie mir den wieder in meinem Garten aufstellen? Nächste Woche reicht."

„Klar, ich richte es dem Franz aus. Der muss nächste Woche eh nach Vogelgraben", sagte Höfler gut gelaunt.

Wie vereinbart kamen Erna und Franz Cernik um halb sieben zurück ins Geschäft und lösten ihren Sohn ab.

„Danke Paul, hab' schon gehört: Der Hofbauer aus Vogelgraben war wieder da und wollte einen Poseidon. Das Ding verkauft sich dieses Jahr wirklich wie die Hölle!"

„Anscheinend" murmelte Paul ungläubig und erblickte plötzlich ein Schild am Boden hinter der Kassa. Er kannte es noch aus seiner Kindheit.

„*Bei uns ist der Kunde König*", stand auf diesem geschrieben.

„Warum hast du es abmontiert?", fragte Paul seinen Vater. Das hat sich über der Kassa doch immer gut gemacht."

Franz Cernik zuckte mit den Schultern.

„Ich weiß nicht", antwortete er. „Die Erna meinte, ich soll es runtertun. Irgendwie hat sie ja recht: Ist doch logisch, dass der Kunde König ist, oder? Wozu soll man das überhaupt erwähnen?"

Paul schluckte.

Nachdem er seinem Vater beim Ausladen des Kleinlasters geholfen hatte, machte er sich auf den Weg ins Aurora. Die *„Total Customer Centricity Based on Passion"*- Präsentation musste bis morgen früh fertig sein.

Ein letztes Mal an diesem Abend stieg eine gewaltige Staubwolke am Parkplatz auf.

Ganze drei Stunden saß Cernik im Hotelzimmer vor seinem Monitor. Nichts – aber wirklich rein gar nichts – fiel ihm zur *Passion* und der *Total Customer Centricity* der DigITellers ein. Die Flipchart-Ergüsse, die ihm Aumann, Berger und Schwarz ausgehändigt hatten, konnte man getrost als Heizmaterial verwenden. Absolut unbrauchbar war das Ganze! Und so ereilte Cernik an diesem Abend erstmals eine veritable Sinnkrise.

Was sollte er diesen DigITellers morgen überhaupt erzählen? Sicherlich würde ihn irgendein Schlaumeier fragen, was denn der Unterschied zwischen *Customer Centricity* und *Total Customer Centricity* sei, und er – Cernik - würde sich wie immer höflich für die Frage bedanken und irgendeine akademische Spitzfindigkeit auspacken, die niemanden interessierte.

Gedankenverloren kramte Cernik in seinen Unterlagen und hoffte in seiner Bibel *„Kundenorientierung"* von Bernd Hofbauer Inspiration zu finden. Gott, wie hatte er diesen Mann auf der Uni verehrt! Auch seine aktuellen Werke mochte er, weil dieser noch immer modernste Technologien berücksichtigte, ohne dabei die Bodenhaftung zu verlieren.

„Das Geheimnis langfristigen Erfolgs besteht zu zehn Prozent aus Inspiration und zu neunzig Prozent aus Transpiration. Auch die modernsten IT-Systeme nützen nichts, wenn die Kundenorientierung mangelhaft ist. Kunden sind hingegen überraschend loyal und fehlertolerant, wenn ihnen ehrliche Aufmerksamkeit und Respekt entgegengebracht wird", schrieb Hofbauer.

Cernik seufzte.

„Das soll mal einer diesen DigITellers sagen", dachte er und wollte den dicken Wälzer schon in die Ecke pfeffern, als ihm von der Buchrückseite plötzlich das Autorenfoto ins Auge sprang.

Das war nicht nur Bernd Hofbauer, der Autor! Das war der Typ, der vor wenigen Stunden im Laden seiner Eltern diesen absurden Poseidon bestellt hatte! Unglaublich!

Cernik schlief in dieser Nacht schlecht. Griechische und römische Götter kämpften mit hinterlistigen Zwergen um die Gartenherrschaft in Sulz im Wienerwald. Ein *Star-Wars-*

Zwerg war ihm im Traum sogar an die Gurgel gegangen, und nur unter Aufbietung all seiner Kräfte hatte er diesen abschütteln können. Die eineinhalb Stunden im Geschäft der Eltern hatten bei ihm Spuren hinterlassen.

Cernik genehmigte sich am nächsten Morgen schon vor dem Frühstück seinen ersten Energydrink. Er war todmüde, musste aber doch *ready* für die *Total Customer-Centricity-Deep-Dive-Session* sein. Der Weg in den Seminarraum fiel ihm daher schwer. Das Innenthermometer zeigte an diesem Morgen angenehme 22 Grad. Der Servicetechniker hatte es also endlich geschafft, die verdammte Klimaanlage zu reparieren.

Ansonsten blickte Cernik dem zweiten Seminartag aber mit wenig Vorfreude entgegen. Lediglich Schwarz hatte sich überpünktlich im Seminarraum eingefunden und telefonierte bereits angeregt mit einem unzufriedenen Kunden. Die anderen DigITellers ließen sich Zeit. Fünf Minuten nach neun Uhr trafen die ersten im perfekt gekühlten Seminarraum ein. Als um halb zehn noch immer fünf Teilnehmer fehlten, beschloss Cernik zu starten.

„Vielen Dank für eurer Kommen", begann er.

„Basierend auf eurem großartigen Input von gestern wollen wir uns heute überlegen, in welchen Bereichen wir noch mehr *Passion* zeigen können, um dem ultimativen Ziel - *Total Customer Centricity* - näher zu kommen."

„Was ist eigentlich der Unterschied zwischen *Customer Centricity* und *Total Customer Centricity?*", fragte ein Schlaumeier aus Aumanns Team.

„Der Anspruch auf totale Perfektion", warf Berger ein, der sich vorgenommen hatte, an diesem Tag nicht den Clown zu spielen.

Cernik lächelte.

„Genau!", antwortete er. „Es ist der Anspruch, Kunden-orientierung sowohl prozessual als auch IT-technisch hundertprozentig umzusetzen."

Und welchen Stellenwert hat die *Passion* bei der Kundenorientierung? Welche Rolle spielt die Leidenschaft?" fragte Cernik weiter.

„Bei 90-60-90, blondem Haar und schlanker Taille braucht man sich um die Leidenschaft keine Sorgen machen. Da ist die Kundenorientierung automatisch da", setzte Berger nun nach. Er konnte es nicht lassen. Wieder lachten alle bis auf Aumann.

„Richtig", antwortete Cernik nun erstmals ernst.

Dann folgte eine lange Pause. Nachdenklich ging der DiglTellers-Trainer durch den Seminarraum, blickte abwechselnd auf das Flipchart, dann wieder auf die gelangweilten Teilnehmer, und schließlich tat er etwas, was ihm noch am Vortag nicht im Traum eingefallen wäre: Langsam und genüsslich strich Cernik die drei Kreise, die er so sorgfältig gezeichnet hatte, durch. Dann wandte er sich mit einem resignierenden Gesichtsausdruck an die DigiTellers.

„Vergessen Sie einfach, was ich ihnen gestern erzählt habe!", sagte er.

„Das wird ihnen ohnehin nicht schwerfallen, weil sie niemals zugehört haben. Manchmal ist einfach Hopfen und Malz verloren. Dann hilft weder eine Klimaanlage noch ein Energydrink noch ein Seminar über *Customer Centricity*. Wenn Sie mich nun aber entschuldigen: Ich muss noch eine Götterstatue nach Vogelgraben bringen. Außerdem möchte ich von diesem verdammten Bürgermeister wissen, warum er den Parkplatz des wohl kundenfreundlichsten Ladens Niederösterreichs noch immer nicht asphaltieren hat lassen!"

Erstmals genoss Cernik nun die ungeteilte Aufmerksamkeit der Seminarteilnehmer. Mit offenen Mündern starrten diese ihn an und blieben noch lange beinahe regungslos sitzen, nachdem der *Customer Service Specialist bereits* das Seminarhotel verlassen hatte. Ihm war an jenem Morgen endgültig klargeworden, dass lediglich seine Eltern den Wert echter Kundenorientierung verstanden hatten. Der Begriff *Customer Centricity* war ihnen zwar fremd, doch lebten sie diese im wahrsten Sinne des Wortes.

Das war Cerniks letzter Seminarauftrag für die DigiTellers. Mittlerweile arbeitet er ganztags im Laden seiner Eltern in Sulz. Die unbefestigte Straße vor dem Geschäft ist dank

Cerniks Intervention beim Bürgermeister mittlerweile asphaltiert worden. Das Sortiment griechischer und römischer Statuen wurde erneut erweitert, und Univ. Prof. Bernd Hofbauer gehört weiterhin zu den treuesten Stammkunden. Der alte Höfler mit seiner wunderschönen Schrift hilft noch immer bei den Cerniks aus. Das Schild mit der Aufschrift *„Bei uns ist der Kunde König"* wurde nie wieder aufgehängt. Seine Mutter hatte recht gehabt: Die Botschaft war einfach zu banal.

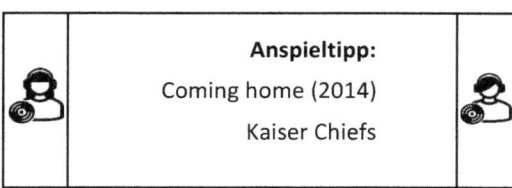

Anspieltipp:

Coming home (2014)

Kaiser Chiefs

Diversität inklusive

Fassungslos starrte Mader auf Danners E-Mail.

„Eine Katastrophe, eine einzige Katastrophe", murmelte er und vergewisserte sich, dass wirklich niemand hinter ihm stand. Nachrichten wie diese sollte man in einem Großraumbüro eigentlich nicht lesen. Viel zu *risky,* politisch viel zu brisant war das, was sich da vor ihm auftat. Danner hatte den Ausdruck „Sexuelle Belästigung" in ihrer Nachricht ganze fünf Mal gebraucht. Das Unsagbare hatte sie außerdem leuchtend gelb, fett und unterstrichen hervorgehoben. Wie gesagt: eine Katastrophe.

Dass der *Head of Social Media, Diversity & Inclusion* eines Tages Ärger machen würde, überraschte Mader – seines Zeichens *Head of Compliance* – nicht wirklich. Danner hatte den Ruf, sich kein Blatt vor den Mund zu nehmen, und wo gehobelt wird, da fallen bekanntlich Späne. Diese E-Mail aber ging entschieden zu weit! Als die Gute vor drei Jahren zu den DigITellers gekommen war, hatte man sie anfangs mit diesem „Social Media-Zeug" betreut. Sie sollte die Firmenseite auf Vordermann bringen, haarsträubende Userkommentare beantworten und ab und zu eine euphorische Hurra-Meldung in den Äther schicken.

Durchaus ordentlich hatte sie damals ihren Job erledigt, leider interessierten sich die Kunden aber nur bedingt für die *Product News* der DigITellers. Wer konnte es ihnen verübeln? Sogar Berger fand die firmeneigenen Produkte sterbenslangweilig, und so kamen die meisten Postings auf gerade einmal zehn *Likes*. Die Hälfte der „Daumen hoch" kam von den eigenen Kollegen, wobei Haller nicht wirklich zählte. Der *likte* ohnehin alles, was die Danner postete, weil er in sie verschossen war. Die anderen fünf *Likes* kamen für gewöhnlich von der externen Social Media-Agentur. Diese hatte man beauftragt, um für einen höheren *Traffic* und eine höhere *Conversion Rate* zu sorgen.

Mit einem Wort: Die Social-Media-Lage präsentierte sich damals suboptimal, und als Berger die Danner eines Morgens in sein Büro bestellte, dachte sie schon, dass sie sich einen neuen Job suchen müsse.
Glücklicherweise kam dann aber alles anders. Berger lagen Themen wie *Suchmaschinenoptimierung*, *Conversion Rate* oder *Traffic* nur bedingt am Herzen. Dass er Zoff mit seiner mittlerweile dritten Frau hatte, ging ihm aber an die

Nieren, und sein Blick verriet, dass er an Danners Dekolleté und Beinen durchaus Gefallen fand. Ein Schlingel war der Berger – kein Zweifel! Angesichts der angespannten *Likes*-Lage war dem *Head of Social Media Marketing* das aber durchaus recht. Entschuldigend kam hinzu, dass Berger für die Danner zumindest noch ein richtiger Mann war, was man von den anderen Luschen in der Firma nicht gerade behaupten konnte.

So geriet die deprimierende Ist-Analyse recht kurz. Danners laszive Blicke stimmten Berger gnädig, und sehr rasch war man sich einig, dass man einen Neustart wagen wolle. Nur wie? Man überlegte hin und her, bis Danner schließlich das Zauberwort *Emotional Content* aussprach.

„Für eine höhere Click-Rate brauchen wir echte Emotionen – fröhliche Menschen, die die Arbeit lieben und einander uneigennützig unterstützen", meinte Danner. „Wir haben viel zu viel Inhalt. Das mögen die Leute nicht. Wir brauchen gute Stories über Menschen aus unterschiedlichen Kulturen, die offen und ambitioniert sind." „Du meinst Geschichten über nette Neger, Schlitzaugen oder Schwule, die Spaß an ihrer Arbeit haben?", fragte Berger.

„Das darf man um Gottes Willen nicht so sagen!", antwortete Danner entschieden. „Heute heißt das *Diversity, Passion & Equality*! Ist aber im Prinzip dasselbe in Grün."
Berger nickte.

„Ich hab' ja nix gegen Schwarze! Und was ist mit diesem *MeToo*-Getue? Kommt das auch gut an?"

Berger hatte von der *MeToo*-Bewegung (mit vier Jahren Verspätung) am Samstag zuvor auf einem Feuerwehrfest gehört. Es war an diesem Abend spät geworden, und er selbst hatte sich, weil seine neue Freundin mitgekommen war, tadellos benommen. Nur Kurt, sein Nachbar, war wieder einmal aus der Rolle gefallen. Gegen Mitternacht hatte er sich mit dem Bierkrug in der Hand an drei hübsche Mädchen in Dirndln herangepirscht. Zwei der drei Mädchen hatten dagegen nichts einzuwenden. Die Dritte weigerte sich aber partout, ein wenig „Spaß zu haben". Als Kurt ihr an die Taille griff, schüttete sie ihm das Bier über den Kopf und schrie durch das ganze Zelt: „Schon mal was von *Me-Too* gehört?"

Kurt hatte bis zu diesem Abend noch nichts davon gehört. Auch konnte er sich angesichts des enormen Bierkonsums am nächsten Morgen an nichts mehr erinnern. Sogar die Fußtritte, die er eingesteckt hatte, weil ihm die unlustige Dirndlträgerin ein Post-it mit der Aufschrift *„Kick#MeToo"* auf den Rücken geklebt hatte, waren aus seiner Erinnerung wie ausgetilgt.

Vom Feuerwehrfest erzählte Berger der Danner nichts. Auf seine Frage, ob man aus dem *„MeToo"*-Getue" aber marketingmäßig was machen könne, hatte sie mit einem entschiedenen „Definitiv!" geantwortet.

So entwickelte sich von diesem Tag an eine äußerst fruchtbare Zusammenarbeit.

Danners Postings strotzten von nun an vor *Diversity-* und *MeToo*-Hashtags. Sehr bald wurden die Beiträge dreistellig *geliked*, und als man auch die Social-Media-Tauglichkeit des Themas *Inklusion* für die DigITellers entdeckt hatte, überschritt man erstmals sogar die Tausender-Marke. Drei Monate später erklärte Geschäftsführer Gruber im montägigen Strategiemeeting, dass er seine negative Meinung über Social Media revidiert hatte.

Ab diesem Zeitpunkt gab es für Berger und Danner kein Halten mehr. Das Budget für Social Media wurde verfünffacht, und als ganz Wien eine Woche später bei der Regenbogenparade zu mehr Toleranz aufrief, genehmigte Gruber sogar einen Sonderetat für regenbogenfarbige Werbeartikel. Ganze Firmenbereiche erstrahlten bald im Lichte grenzenloser Menschlichkeit. Schon bei der Eingangsmatte spürten die Kunden, dass die DigITellers das Herz am rechten Fleck trugen. Eigene Regenbogen-T-Shirts ließ man drucken, und alle Mitarbeiter wurden aufgerufen, ihr Social Media-Profil mit einem regenbogenfarbenen Kreis zu verschönern. Sogar die WC-Deckel riefen fortan zu mehr Toleranz und Harmonie auf.

Doch damit nicht genug. Auch zu den Themenbereichen *Female Empowerment* sowie *Diversity & Inclusion* wurden Videos in Auftrag gegeben. Für beide Themen waren exakt fünfzig Prozent des Budgets veranschlagt, und ironischerweise sollte diese faire Budgetverteilung später zu ernsthaften Differenzen führen.

Bei den Aufgabenstellungen *MeToo*, *Nein zur gläsernen Decke* sowie *Female Empowerment* stieß Danner zunächst auf keine Probleme. All ihre Beiträge wurden begeistert geliked (👍) oder mit Raketen (🚀) und Bizeps-Icons (💪) kommentiert. Oft wurde ihnen mit einer Weiterleitung sogar der Social-Media-Ritterschlag erteilt. Danner stieg auf zum *Head of Social Media, Diversity & Inclusion. Sie hatte den Social Media*-Olymp erklommen.

Nur im stillen Kämmerchen beklagte sie bisweilen die Kehrseite des neuen Zeitgeistes. So mancher männliche Mitarbeiter hatte nun richtiggehend Angst, mit ihr allein im selben Raum zu sein. Doch war ihr bewusst, dass man das „*Diversity / Equality / Female Empowerment*-Eisen" eben schmieden musste, solange es heiß war.

„Bin ich die Einzige, die *Old White Men-Vibes* in diesem Raum spürt?" wurde allmählich zu einem Dannerschen Bonmot, und nur sehr selten verfehlte die Toleranzkeule ihre Wirkung. Die DigITellers parierten nun, und Luschen blieben ohnehin Luschen.

Organisatorisch kam es beim *Diversity & Inclusion*-Thema allerdings immer wieder zu Verzögerungen. Gruber hatte das Sonderbudget an die Auflage gebunden, dass jedes Foto und jedes Video authentisch – sprich firmenintern besetzt – sein musste. Ein Horror! Von den etwa zweihundert Mitarbeitern waren nur fünf nicht aus Österreich - so viel zum Thema „*Diversity*"! Ebenso hatte niemand eine Behinderung. Wie sollte man mit diesen Leuten authentische *Diversity- und Inclusion*-Medien erstellen? Das Ganze glich dem Versuch, ein raffiniertes exotisches Gericht kochen zu wollen und dabei nur drei Zutaten verwenden zu dürfen. Was hatte sich Gruber bei dieser Auflage nur gedacht!

Für einigermaßen authentische „*Diversity*"-Videos kamen folgende Personen – die Auswahl war nicht gerade groß – in Frage: Chan, der seit seiner Geburt im 16. Wiener Gemeindebezirk wohnte, aber wie ein waschechter Chinese aussah, und Kevin mit seinem hellbraunen Teint, dessen Vater ursprünglich aus Puerto Rico nach Österreich gekommen war; Susi aus der Steiermark, die aufgrund einer Laune der Natur für eine Inderin gehalten wurde und Martin, der mit seiner extrem hellen Haut und den vielen Sommersprossen problemlos als Ire durchging. Star der Runde war aber zweifelsohne Vincent, dessen Eltern aus Nigeria gekommen waren. Er arbeitete im Support und erfreute sich bei den weiblichen DigITellers außerordentlicher Beliebtheit.

Ein weiteres Problem war der offensichtliche Mangel an IT-affinen weiblichen Nachwuchskräften mit *Teamgeist*, *Passion* und *Disruptionsfreude*. Unermüdlich buhlte die HR-Abteilung um *Digital Woman Power*, doch nichts half. Nur männliche Nerds meldeten sich auf die ausgeschriebenen Stellen, während die Frauen „irgendetwas Kreatives im Marketing" machen wollten. Wie sollte Danner bei diesem weißen Nerd-Überhang ausgewogenes, authentisches Marketingmaterial erstellen? Irgendwann erkannte auch Gruber das Problem und war bereit, von seinem hehren Authentizitätsanspruch etwas abzurücken. Danner durfte ab diesem Zeitpunkt auch Ferialpraktikanten zu verschiedenen Video-Shootings und Fotosessions einladen. Auch war der Geschäftsführer der DigITellers damit einverstanden, dass Rollstuhlfahrer nicht hundertprozentig authentisch sein mussten und diese auch von Freelancern und unauffälligen Backoffice-Mitarbeitern oder -Mitarbeiterinnen gespielt werden durften. Es musste einfach mehr *Inklusion* her! Die größten Probleme offenbarten sich eines Tages aber im Spannungsverhältnis zwischen *Diversity* und *Female Empowerment* und gingen auf ein firmeninternes Strategie-Event zurück. Gruber hatte den gesamten Vertrieb, den Support und auch das Marketingteam in die Firma bestellt, und fast alle Angestellten waren pflichtbewusst seiner Einladung gefolgt. Inhaltlich war das Event ein voller Erfolg. Gruber, Aumann, Berger und auch Schwarz schworen die Belegschaft fast zwei Stunden auf die *Extrameile* ein, die man in den letzten Quartalstagen noch gehen müsse. Auch sonst machte das Event gute Laune. Die übliche *Q&A*-Session fiel mangels Fragen aus, und schon bald gesellte man sich zum Buffet, wo Brötchen, Sekt, Wein und Bier gereicht wurden.

Nur Danner hatte an jenem Nachmittag schlechte Laune. Ihr Freund hatte am Vortag per *WhatsApp* mit ihr Schluss gemacht.

„Steck dir deinen Emanzenmist sonst wohin", hatte ihr dieser getextet, und als Danner ihn telefonisch zur Rede stellen wollte, merkte sie, dass er ihre Nummer blockiert hatte.

„Na warte, dir werd' ich's zeigen" sann sie die ganze Nacht auf Rache, und im Morgengrauen fiel ihr schließlich ein probates Mittel ein, es ihrem Ex heimzuzahlen. Vincent, der gutaussehende Supportmitarbeiter, war die Lösung!

Lange - viel zu lange – dauerte bei de⸗ besagten Veranstaltung der offizielle Teil, und so verlor sie nach Aumanns Power-Gehirnwäsche wenig Zeit mit Zaudern und Zögern. Heute mussten Nägel mit Köpfen gemacht werden! Schnurstracks ging der *Head of Social Media, Diversity & Inclusion* daher auf den inoffiziellen Star der Supportabteilung zu, der wie immer von einer beachtlichen Anzahl Frauen umringt war. Geduldig hörten sich auch an diesem Abend ganze sieben Mitarbeiterinnen seine Supportprobleme an, und jede von ihnen hoffte insgeheim, dass er irgendwann einmal mit ihnen ausgehen würde. Dieser Vincent war ein echter Ladykiller! Danner sondierte die Lage. *„Eva, Sonja und Miriam sind keine Konkurrentinnen"*, dachte sie sich, als sie bei ihm aufschlug. *„Bei dieser Tanja* *muss ich aber aufpassen – die ist ein verschlagenes Luder und hat mit ihm angeblich schon mal was gehabt."*

Resolut drängte sich Danner daher zwischen die beiden und erkannte bald, dass Tanja alles tun würde, um auch an diesem Abend die amouröse Oberhand zu behalten. So war sie schließlich gezwungen, schärfere Geschütze aufzufahren. Mit einem kurzen Verweis auf den Videodreh, der nächste Woche über die Bühne gehen sollte, bat Danner Vincent schließlich um einen *Real-Talk* unter vier Augen. Wichtige Details zum Video wären noch offen, erklärte sie dem gutgebauten Schwarzen mit den strahlend weißen Zähnen und den ebenmäßigen Gesichtszügen seufzend.

Vincent reagierte auf Danners Vorschlag, letzte Drehdetails in einem ruhigen Besprechungszimmer zu erörtern, verhalten. Auf der Dachterrasse wurde es langsam lustig, und ein Businessgespräch mit dem *Head of Diversity & Inclusion* fand sogar ein Support-Fanatiker wie er wenig reizvoll. Letztlich stimmte er aber doch zu. Zu lange konnte die Unterredung ja nicht dauern, und die sieben Supportkolleginnen würden gewiss auf ihn warten.

Tatsächlich belästigte Danner Vincent im Besprechungszimmer nur sehr kurz mit langweiligen Drehdetails. Es gab Wichtigeres zu klären. Erst schüttete sie ihm ihr Herz aus, wie schwierig es wäre, immer eine Powerfrau zu sein. Dann fasste sie sich – nachdem Vincent freundlich genickt hatte – ein Herz und legte dem *Diversity Video-Star* ihre Hand auf den durchtrainierten rechten Oberschenkel.

„Manchmal bin ich unendlich einsam", seufzte der *Head of Social Media, Diversity & Inclusion.*

Das fand Vincent weniger gut. Zum ersten Mal verdunkelte sich sein Blick, und mit einem höflichen „Ich schätze Sie sehr, aber..." machte er einen Schritt zurück.

„Das ist doch alles nur ein Missverständnis. Mir liegt einfach ein gutes Betriebsklima am Herzen", meinte daraufhin die Danner.

Zu diesem Zeitpunkt hatte Vincent bereits die Tür des Konferenzraums geöffnet. „Ist alles kein Problem", murmelte er, „ich muss nur noch ein wichtiges Gespräch mit einer Kollegin beenden". Dann war er auch schon verschwunden.

Danner schäumte.

„Luschen, alles Luschen! Gibt es denn überhaupt noch echte Männer? Und diese Tanja ist überhaupt das Letzte!", ärgerte sie sich. „Na warte! Das zahl ich dir heim. Das lass ich nicht auf mir sitzen!"

Schriftliche Informationen im Zustand höchster Erregung zu verschicken ist selten eine gute Idee. Trotzdem erhielt Mader die besagte E-Mail noch am selben Abend. Das Ganze war eine Katastrophe, eine einzige Katastrophe. Sexuelle Belästigung war ein absolutes No-Go, selbst wenn sie von einem Schwarzen kam. Gleichzeitig verstand er partout nicht, warum Danner nicht das Gespräch gesucht hatte. Vincent war der einzige Farbige, der den DigiTellers für Videos und Folder zur Verfügung stand, und andere Firmen beneideten Gruber um seine *Diversity*. Jeden *Old White Man* hätten sie locker kündigen können. Von denen gab es zuhauf, aber doch nicht Vincent! Erschwerend kam hinzu, dass es für die sexuelle Belästigung durch ihn keine Zeugen gab. Danner war mit ihm allein im Besprechungsraum gewesen. Vincent könnte eine Gegenklage einreichen und „willkürlichen Rassismus" als Grund anführen. Wahrscheinlich würde er damit durchkommen. Jeder mochte ihn, und wenn die Konkurrenten davon Wind bekämen, würde das die mühsam erkämpften *Diversity*-Siege mit einem Schlag zunichtemachen.

Mader saß verzweifelt vor seinem Computer. Von Gruber war keine Unterstützung zu erwarten – das galt als abgemacht. So etwas wie „Er und die Danner sollen selbst eine praktikable Lösung finden", würde er vielleicht murmeln. Eine Katastrophe, eine einzige Katastrophe war das alles! So beschloss er schließlich, Danner um ein persönliches Treffen zu bitten. Auf die E-Mail antwortete er nicht. Ausnahmsweise griff er zum Hörer, und eine Stunde später fand sich der zurückgewiesene Racheengel bei Mader im Büro ein.

„Ist die E-Mail an irgendjemanden anders außer mich gegangen?", fragte Mader gleich zu Beginn.

„Nein", antwortete Danner.

„Und weiß Vincent von der E-Mail?"

Wieder verneinte Danner.

Mader seufzte erleichtert.

„Und sind Sie sich sicher, dass Sie den Rechtsweg bestreiten wollen? Ich meine, wir haben nur einen einzigen…"

Danner schwieg.

Am Vorabend hatte sie nochmals intensiv über die Causa „Vincent" nachgedacht, was auch ihrer privaten Situation geschuldet war. Ihr Ex-Freund hatte ihre Telefonnummer wieder entsperrt, sich per *WhatsApp* entschuldigt und sogar vorgeschlagen, es noch einmal zu probieren. Das veränderte einiges. Plötzlich beschlich sie das Gefühl, dass sie mit ihrer E-Mail vielleicht den Bogen überspannt hatte und eine Klage doch nicht die beste Idee wäre.

„Ich verstehe Ihren Standpunkt", begann sie vorsichtig. „Als Frau frage ich mich selbstverständlich, ob es nicht meine heilige Pflicht ist, solche Übergriffe unter allen Umständen zu melden. Gleichzeitig stellt sich die Frage, ob es manchmal nicht auch eine Option ist, einfach über den Dingen zu stehen. Eine schwierige Entscheidung – vor allem, wenn einem Moral und Ehre noch etwas bedeuten. Was meinen Sie?"

„Ich verstehe Sie - kein Zweifel, Frau Danner", antwortete Mader. „Bei so schwerwiegenden Vorfällen kann man nicht einfach zur Tagesordnung übergehen. Da aber kein Zeuge im Raum war und Aussage gegen Aussage steht, wäre doch zu überlegen, ob… "

Danner seufzte.

„Ich weiß, worauf Sie hinauswollen. Manchmal sagt einem das Herz eben das eine und der Verstand das andere. Aber wissen Sie was: Da es glücklicherweise nicht zum Äußersten kam, bin ich unter Umständen doch bereit, die Sache auf sich beruhen zu lassen. Vielleicht besteht wahre Größe manchmal darin, Gnade vor Recht ergehen zu lassen."

Mader nickte.

„Ich bewundere Sie. Sie sind ein echtes Vorbild, wenn Sie mir erlauben das zu sagen."

Danner lächelte.

„Und Sie sind ein Schmeichler. Außerdem muss ich Ihnen zu ihrem Fingerspitzengefühl und ihrer Souveränität gratulieren. So etwas findet man heutzutage sehr selten."

Mader seufzte und nickte erleichtert.

„Durchs Reden kommen die Leute zusammen – wie man so schön sagt. Dann legen wir diese bedauerliche Causa zu den Akten, einverstanden? Die E-Mail darf ich löschen?"

„Einverstanden. Das Ganze bleibt unter uns", entgegnete Danner, zwinkerte Mader zu und verließ dann dessen Büro.

Der Fall „Vincent" hatte dennoch ein Nachspiel, mit dem niemand gerechnet hatte. Nur vier Tage später stürmte Gruber in das montägige Strategiemeeting und legte los:

„Gleich vorweg: Es gibt heute eine Änderung der Tagesordnung", begann dieser aufgebracht.

„Im *Customer Service*-Team haben heute Morgen gleich fünf Leute gekündigt! Vier Mitarbeiterinnen im *Customer Care*-Bereich und auch dieser Vincent im *2nd Level-Support*. Eine Katastrophe! Schwarz, können Sie mir erklären, was in Ihrem Team los ist?"

Dieser schaute verdattert.

„Das verstehe ich nicht - ehrlich", begann er. Am Mittwoch war noch alles ok."

Danner und Mader gaben sich während des Meetings äußerst schweigsam. Das Thema *Diversity* fiel an diesem Montagmorgen aus.

Zwei Wochen später lockerte Gruber seine selbstauferlegten Authentizitätsregeln erneut. Das teuer produzierte und sehnsüchtig erwartete *Corporate Video*, das allen *„Diversity & Inclusion"*-Kriterien entsprach, musste endlich in den Kasten, und Vincent war nicht mehr da. „Wenn der Markt keine schwarzen Fachkräfte anzubieten hat, muss man eben auf externe Freelancer zurückgreifen", argumentierte er seufzend und gab schließlich das dafür notwendige Budget frei. Dennoch sollte es Wochen dauern, bis eine externe Agentur einen Mann von Vincents Kaliber vorbeischickte. Berger vertrat Danner am besagten Tag, denn der *Head of Social Media, Diversity & Inclusion* weilte gerade mit ihrem Freund auf Urlaub. Zu seiner großen Überraschung kam Berger der angekündigte dunkelhäutige Schauspieler schon aus der Ferne bekannt vor. Ein kantiges

Gesicht hatte er, eine athletische Figur und strahlend weiße Zähne - für das Video schlichtweg perfekt.

Es war Vincent. Lediglich einen Tag nach dem Vorfall im Konferenzzimmer hatte dieser beschlossen, den Supportjob bei den DigiTellers an den Nagel zu hängen und sich als Freelancer – oder besser gesagt als Schauspieler - selbstständig zu machen. Die Nachfrage nach gutaussehenden *Diversity-Actors* war mittlerweile so groß, dass er am externen Markt das Fünffache seines einstigen Lohns im Support-Center verlangen konnte. Auch der Einsatz bei den DigiTellers war für Vincent äußerst lukrativ. Mit keinem einzigen Wort erwähnte er seine einstige Anstellung im Support-Team, spielte seine Rolle als hochmotivierter Mitarbeiter aber mustergültig. Der Spot wurde großartig und setzte ein beeindruckendes Zeichen für wahre *Diversity & Inclusion*.

Vincent blieb dem *Diversity-Acting* noch geraume Zeit treu. Die DigiTellers hingegen hatten mit ihrem Videodreh das Thema endgültig abgehakt. Bereits im darauffolgenden Jahr entschied Gruber, das Marketingbudget für Themen aufzuwenden, deren Umsetzung nicht so aufwendig war und die nun höher im Kurs standen.

Anspieltipp:
Love today (2007)
Mika

Eibl im Glück

Nach monatelangem Drängen hatte Gruber endlich den heiß ersehnten *Headcount* für die Schulungsabteilung genehmigt. Endlich! Die Fluktuation bei den DigITellers hatte zuletzt ein Tempo aufgenommen, dass einem richtig angst und bange geworden war. Nicht nur die Consultingabteilung war mittlerweile ein Durchhaus. Auch die Mitarbeiter der HR- und Schulungsabteilung kamen und gingen wie Kunden eines Fast-Food-Restaurants. Kaum eingeschult, waren sie schon wieder weg. Endlich hatte auch Gruber eingesehen, dass der Schulungsprozess künftig viel schneller ablaufen müsse. Und das ging eben nur mit einer vernünftigen *E-Learning*-Software und einer Schulungsabteilung, die auch was zu melden hatte.

Bewerbungsgespräch (zweistufig) – Entscheidung – Einschulung über *E-Learning* inklusive dem üblichen *Compliance/Diversity/Inclusion*-Schmus – und dann ran an die Arbeit. Das war die Zukunft.

Rundum zufrieden war Eibl, seines Zeichens *Head of Education,* mit den eingegangenen zwanzig Bewerbungsschreiben trotzdem nicht gewesen. Zwar hatten sich — wie erhofft - ausschließlich weibliche Kandidaten für die ausgeschriebene Stelle als *Education Specialist* beworben, doch hatten diese in das geforderte Motivationsschreiben so viel Mühe gesteckt wie ein *Tinder*-Wischer in romantische Liebesbetörungen. Die Ergebnisse waren ein Trauerspiel. Gleich zwölf Kandidatinnen hatten dasselbe *KI*-basierte Bewerbungstemplate verwendet und sich damit frühzeitig ins *Recruiting*-Nirvana gebombt.

Sehr geehrter Herr Eibl,

ich schreibe Ihnen, um mich als Education Specialist für Ihr Unternehmen zu bewerben. Ich habe kürzlich meinen Abschluss in Wirtschaftspsychologie an der Universität Wien gemacht und bin begeistert, meine Fähigkeiten und Kenntnisse in einem innovativen Umfeld wie den DigITellers einzusetzen.

Schon während meines Studiums konnte ich umfassende Erfahrungen in...

hatten sie geschrieben, und zwölfmal hatte die *KI*-Gegencheck-Software den Text als Template entlarvt. Himmel hilf! Machte sich denn überhaupt niemand mehr die Mühe, für den angeblichen Traumjob einen eigenen Text zu verfassen? Fünf weitere Kandidatinnen hatten sich zwar an einem individuellen Anschreiben versucht, dieses strotzte aber vor grammatikalischen Fehlern und inhaltlichen Ungereimtheiten. Übriggeblieben waren somit nur drei Kandidatinnen.

Zufrieden war Eibl mit dieser Ausbeute nicht. Zwei von ihnen gaben an, die letzten beiden Jahre in einem Schulungszentrum gearbeitet zu haben. Sie betonten, dass sie den Bildungsbereich liebten und ihr Wissen gerne mit anderen Menschen teilen würden. Das klang zumindest vernünftig. Die dritte Kandidatin war Eibl ein völliges Rätsel. Ihr Bewerbungsschreiben hatte sie auf rosafarbenem Papier verfasst und in einem altmodischen Briefkuvert direkt an die Schulungsabteilung geschickt. Ihr Brief triefte vor Ehrlichkeit. Gleich unter den persönlichen Angaben hatte sie ihre Lieblingsfilme (wer schrieb denn so etwas in einen Lebenslauf??) angeführt, zu denen *Tatsächlich blond 1&2*, *Der Teufel trägt Prada* und der neue *Barbie*-Film gehörten. Eibl war fassungslos. Vergleichbares hatte er bislang noch nie erhalten, und fast ehrfürchtig las er die Bewerbung der ungewöhnlichen Kandidatin.

Lieber Herr Eibl,

ich bin Pauline Glück. Bildung ist wichtig, darum bewerbe ich mich bei Ihnen. Momentan verkaufe ich Parfum in der Wiener Innenstadt, aber mir stinkt der Job. Die Frauen mögen mich nicht. Sie sind mir immer neidig, dass ich mehr als sie verkaufe. Ich denke Software ist besser als Parfum, weil sie klüger macht. Parfüm verstopft das Hirn. Ich würde gerne bei Ihnen arbeiten. Das wäre schön und ich verspreche, dass ich mich voll ins Zeug werfe.

Mit duftigen Grüßen
Pauline Glück

PS: Sollten Sie mal bei „Fragrance de Luxe" auf der Seilerstätte vorbeikommen, fragen Sie nach Pauline. Wir haben super Düfte. Das mit der Software ist trotzdem besser.

Sichtlich beeindruckt legte Eibl die Bewerbung auf seinen Schreibtisch. Pauline Glück war nicht nur die erste Kandidatin in fünf Jahren, die ihre Bewerbung per Post geschickt hatte. Sie hatte diese sogar parfümiert und auf der Rückseite des Kuverts mit einem Kussmund versehen. Unglaublich! – es gab also doch noch Kandidatinnen, die sich durch Individualität auszeichneten. Dass Frau Glück kein Foto beigelegt hatte, bedauerte Eibl, und er überlegte kurz, die Kandidatin auszusortieren. Letztlich drückte er aber doch ein Auge zu. Gruber hatte im Vorfeld wiederholt gemeint, dass auch Quereinsteigerinnen bei den DigITellers willkommen seien und er anstelle von *Diversity & Inclusion* zukünftig auf *Equality & Equity* – also echte Chancengleichheit, unabhängig von Herkunft, Hautfarbe und Geschlecht –

setzen wolle. Warum sollte jemand aus der Parfumbranche da durch den Rost fallen?

Dass Eibl auch dieser Kandidatin eine faire Chance geben wollte, sprach für ihn. Gründe, frustriert zu sein, hatte er nämlich zuhauf. Erst zwei Tage zuvor hatte ihm seine Beinahe-Freundin Irina mitgeteilt, dass sie ihm für den soeben verbrachten Urlaub auf Santorin unendlich dankbar sei, aber die Freundschaft mit Eibl nicht durch eine Beziehung gefährden wolle.

Nicht das erste Mal war ihm das passiert, und nicht das erste Mal fragte er sich, was daran schuld war. Am Äußeren konnte es nicht liegen. Sportlich, mittelgroß und schlank war er. Auch bescheinigte ihm jeder, höflich, klug und ordentlich zu sein. Doch landete er immer in der „guten Freunde-Kiste" und hatte sein sexuell trostloses Dasein mit einem „Dankeschön" abzunicken.

Gott, war das alles deprimierend! Welche Existenzberechtigung hatten in diesem tristen einundzwanzigsten Jahrhundert eigentlich noch anständige Männer wie er?

Zu viel Zeit hatte Eibl dennoch nicht, sich seinem Selbstmitleid hinzugeben. Es galt, mit den verbleibenden Kandidatinnen rasch Termine zu vereinbaren und sich voll auf die Zukunft der Schulungsabteilung zu konzentrieren. Gruber wollte unmittelbar nach seinem Urlaub erste Resultate sehen.

Gedacht, gesagt, getan. Fünf Tage nach Eibls Grobauswahl fanden sich alle drei Kandidatinnen in Eibls Büro ein. Die erste – eine farblose Frau mittleren Alters – behauptete, dass die DigiTellers ihr Traumunternehmen wären und sie an Eibls Seite den *Recruiting*-Prozess und den Schulungsbereich revolutionieren würde. Die zweite gab das Gleiche zu Protokoll, betonte aber, dass mindestens drei Tage Home-Office pro Woche ein *Must-Have* wären und dreißig Wochenstunden das Limit für eine akzeptable *Work-Life-Balance* darstellten. Eibl war nicht überzeugt. So verabschiedete er sich mit einem versöhnlichen „Danke für das äußerst interessante Gespräch. Spätestens nächste Woche melden wir uns bei Ihnen."

Dann kam Pauline Glück. Nein, besser gesagt ERSCHIEN Pauline Glück. Das Bewerbungsschreiben, das sie geschickt hatte, war keine Mogelpackung. Von oben bis unten in rosa gehüllt stand vor Eibl die schönste Frau, die dieser je gesehen hatte. Blondes, schulterlanges Haar trug sie, blitzblaue Augen hatte sie, eine Figur zum Niederknien und ein Lächeln, das Eibl die undankbare Irina augenblicklich vergessen ließ. Gott, war diese Frau bezaubernd!

„Ich freue mich sehr", sagte Eibl mit offenem Mund und bat Pauline Glück, Platz zu nehmen. Ein sommerlich-schwerer Duft lag in der Luft, Eibl war aber leicht – allzu leicht – ums Herz.

„Sie interessieren sich also für die Stelle eines *Education-und E-Learning-Specialist* bei den DigITellers. Darf ich fragen, welche Erfahrungen Sie bisher in diesem Bereich gesammelt haben?", begann Eibl und hoffte inständig auf eine einigermaßen vernünftige Antwort.

„Als Quersteiger bin ich immer interessiert an Neuem, und das Lernen ist eine wichtige Sache. Man ist danach klüger als zuvor, und die Software hilft auch dabei. Ich schaue oft Videos auf *Instagram* und *TikTok* und habe auch einen eigenen Beauty-Channel. 1.300 Follower habe ich schon, und ich liebe es, die Menschen aufzuklären und zu bilden."

Noch immer starrte Eibl seine augenblickliche Favoritin mit offenem Mund an.

„Gott, ist die süß", dachte er.

„Wirklich beeindruckend", sagte er und unterließ es geflissentlich, auf den „Quersteiger / Quereinsteiger"-Fauxpas hinzuweisen.

„Und darf ich fragen, warum Sie Ihre bisher so erfolgreiche Karriere im ‚*Fragrance de Luxe*' aufgeben wollen, um sich dem Thema *E-Learning* zu widmen? Warum gerade die DigITellers?"

Kurz trat Stille ein.

„Die Frauen sind schlecht", sagte Pauline Glück dann leise.

„Die beste Verkäuferin von allen war ich. Sogar die Männer sind zu mir gekommen und haben eingekauft, was das Zeug hält. Viele haben gesagt, dass ich eine Trophäe beim Parfüm bin."

„Sie meinen ‚Koryphäe'?", korrigierte Eibl nun doch dezent.

„Ja, eine ‚Koryphäe'. Bitte um Entschuldigung, ich bin ein bisschen nervös", kicherte Pauline Glück.

„Jedenfalls wollten mich die Frauen nicht – warum auch immer. Ich hab' Kuchen für sie gebacken, sie zum Videoabend bei mir eingeladen, ihnen immer wieder gesagt, wie hübsch sie sind … geholfen hat aber alles nix. Die wollten mich einfach nicht!"

„Na, na, na - das kann ich mir bei Ihnen beim besten Willen nicht vorstellen!", sagte Eibl gerührt, als er eine Träne auf Frau Glücks rechter Wange erblickte.

„Also bei den DigITellers setzen wir auf *Equality* und *Women Empowerment*", sagte er. „Bei uns herrscht absolute Chancengleichheit und wir freuen uns, wenn ungeschliffene Diamanten in unser Unternehmen kommen!"

„Das ist ja wunderbar", antwortete Pauline Glück und klatschte in die Hände. „Ich liebe Diamanten und Qualität".

„Sie meinen *Equality*?", korrigierte Eibl nochmals dezent. Gott, war diese Frau bezaubernd! Gegen die konnte Irina einpacken.

So ging es weitere zwanzig Minuten. Nachdem Frau Glück bestätigt hatte, dass sie bei den sozialen Medien ein richtiger Tausendsassa war, beendete Eibl das fast halbstündige Bewerbungsgespräch mit den Worten „Mir gefällt Ihr *Spirit* und Ihre Bereitschaft, die Komfortzone zu verlassen. Ab wann wären Sie verfügbar?"

„Na, ab übermorgen", antwortete diese.

„Morgen muss ich aber noch zu diesen Schlangen auf der Seilerstätte. Aber dann ‚Adios, Good-bye, Arrivederci', wie der Franzose sagt."

Zum Abschluss stellte Pauline Glück dem noch immer in Trance befindlichen Eibl einen Probeflakon auf den Tisch.

„Wenn Sie den probieren wollen? Der gibt echten Männern noch das gewisse Etwas!", sagte sie und war dann eine Duftwolke.

Eibl war verzaubert, und dieser Zustand hielt noch eine ganze Weile an. Erst als die Magie ein wenig nachgelassen hatte, wurde ihm bewusst, dass eine Entscheidung zugunsten der Quereinsteigerin für Diskussionsstoff sorgen würde.

Gruber war ein eiskalter Pragmatiker. Die Einstellung einer fleischgewordenen Barbiepuppe würde er gewiss nicht befürworten. In jedem Falle müsste Eibl für eine mögliche Fehlentscheidung geradestehen. „Ken und Barbie" würde ihm Berger nachrufen und sich gleichzeitig an Pauline Glück heranpirschen. Der hatte selbst nach der dritten Scheidung noch nicht genug.

Die Danner würde sich eine solche Konkurrentin auch nicht gefallen lassen. Viel zu hübsch war diese Glück, und die Giftpfeile des *Head of Diversity & Inclusion* hätten es gewiss in sich. Andererseits würde er – Eibl – seine schützende Hand über die neue Kollegin halten, und sie würde sich dann vielleicht in ihn verlieben.

Lange, sehr lange, wälzte sich Eibl in jener Nacht unruhig im Bett herum. Alle *Pros* und *Cons* einer Einstellung wägte er sorgfältig ab. Als der Morgen graute, fanden sich auf der *Cons*-Seite genau zwanzig Argumente. Auf der *Pro*-Seite stand ein einziges, dieses war aber das mit Abstand gewichtigste: Eibl war verliebt.

Nein, diese Entscheidung konnte nicht auf Basis kalter Ratio getroffen werden. Eibls Bauchgefühl sagte ihm unentwegt, dass Pauline Glück mit Abstand die beste Kandidatin gewesen war. Der *Equality*-Hammer gepaart mit dem Quereinsteiger-Bonus würden zudem die Danner und den Gruber zum Schweigen bringen.

Etwas müde, aber zutiefst entschlossen, Pauline Glück einzustellen, wachte Eibl am nächsten Morgen auf. Gleich heute Vormittag würde er ihr die freudige Nachricht überbringen, und in weniger als zweieinhalb Wochen würde sie bei ihm die erste Einschulung bekommen. Bis dahin könnte er mindestens zwei Kilo abnehmen, zum Friseur gehen und sich sogar eine Maniküre leisten.

Auch Pauline Glück schlief in jener Nacht recht wenig. Bis in die frühen Morgenstunden saß sie vor dem Fernseher. Der neue *Barbie*-Film, den sie in ihrem Lebenslauf als

Lieblingsfilm angegeben hatte, lief seit einer Woche in Dauerschleife.

„Hej Barbie, kann ich heute zu dir kommen?"
„Klar, ich hab nichts Großes geplant – nur eine große Fönparty mit allen Barbies, einer einstudierten Chori und den passenden Songs. Komm doch einfach vorbei, Ken!"
„Klingt cool!"

Zigmal war in den letzten Tagen Pauline Glücks Lieblingsdialog über den Bildschirm gelaufen, und auch am nächsten Morgen erfreute sich die *Education Specialist*-Aspirantin mehrere Male an Dialogperlen wie diesen. Als Eibl sie gegen Mittag anrief, nahm diese den Anruf gut gelaunt entgegen.

„Wir haben es uns nicht leicht gemacht", begann er, „nach langwierigen Beratungen freue ich mich aber, Ihnen mitzuteilen, dass uns Ihre Qualifikationen und Ihre Begeisterung überzeugt haben. Wäre es in Ordnung, wenn Sie zu Beginn des nächsten Monats – also in zweieinhalb Wochen – als *Education Specialist* bei uns starten?"

„Juhu", antwortete Pauline Glück. „Natürlich ist das ok. Soll ich etwas Bestimmtes anziehen am ersten Arbeitstag?"

„Nein, das ist nicht nötig", antwortete Eibl. „Kommen Sie einfach so, wie Sie sind - ganz natürlich. Ich schicke Ihnen per E-Mail aber noch einige nützliche Informationen zu unserer Firma, zu unserem *E-Learning-Tool* und zu den aktuellen Schulungsangeboten. Aber keinen Stress!"

Sogleich ließ Eibl seiner zukünftigen Kollegin die versprochenen Unterlagen zukommen und fügte diesen persönliche Kommentare hinzu.

„Melden Sie sich jederzeit, wenn Sie Fragen haben", schrieb er ihr, und tatsächlich kam diese noch am selben Tag auf sein Angebot zurück.

Lieber Herr Eibl,
Sie sind ein wahrer Schatz. Die Informationen über diese Software sind super. Wahnsinn, was wir alles können! Ich freue mich schon so auf den 1. September! Endlich hat es ein Ende mit dem Parfumgestank! Es lebe die Bildung!

Pauline Glück

Eibl freute sich über die Nachricht, überzeugt war er von Frau Glücks Expertise aber noch nicht. So fragte er, ob sie auch konkrete Fragen zum Leistungsportfolio der DigITellers hatte. Diesmal ließ die Antwort ein wenig länger auf sich warten.

Lieber Herr Eibl,
es gibt so viele Softwaremodule, dass ich noch nicht alles durchhabe. Besonders die Recruiting-Software hat es in

sich. Können Sie mir vielleicht sagen, welche Bereiche besonders wichtig sind? Ich könnte dann schneller in medias Resi (sic!) gehen.

Pauline Glück.

Eibl war nun positiv überrascht. Die Lernkurve schien steil anzusteigen, und er schickte seiner zukünftigen Kollegin sorgfältig aufbereitete weiterführende Informationen. Dann hörte er gewiss eine Woche nichts mehr von ihr. Erst Ende August erhielt er erneut elektronische Post.

Lieber Herr Eibl,
Videos und Whitepapers zur E-Learning Software habe ich nun durch. Bei einer detaillierten Durchsicht des Performance Management Moduls gestern Abend habe ich mich aber gefragt, ob dieses mit dem Recruiting Modul kompatibel ist. Beim Download der Testversion fand ich jedenfalls kein Standard API. Oder habe ich da etwas übersehen?

Pauline Glück

„Donnerwetter", dachte sich Eibl, als er die Nachricht las. Diese Frau schien schneller zu lernen als Albert Einstein und Nikola Tesla zusammen. So antwortete er ihr wahrheitsgemäß, dass er das selbst nicht so genau wisse, er aber beeindruckt von ihren Lernfortschritten sei. Postwendend kam ihre Antwort.

Pauline Glück war außer sich vor Glück.

„Danke für Ihre wunderbare Unterstützung", schrieb sie und betonte, dass sie sich auf den ersten Arbeitstag schon sehr freue.

Eibl war nervös, als er seine neue Kollegin am ersten September um halb neun pünktlich von der Rezeption abholte. Fast drei Kilo hatte er in den letzten zweieinhalb Wochen abgenommen, und mit einem neuen Haarschnitt und perfekten Fingernägeln begrüßte er die neue Mitarbeiterin. Im Geiste hatte er sich auf hunderte Fragen zu Pauline Glücks Auftreten vorbereitet, stellte zu seiner Erleichterung aber fest, dass diese wesentlich dezenter als beim Vorstellungsgespräch gekleidet war. Rosafarben war nur der Rock geblieben. Auf schweres Parfüm hatte sie dieses Mal verzichtet, und sowohl Sakko als auch High-Heels waren in einem zurückhaltenden Cremeton gehalten.

Aufgeregt war Eibl natürlich schon. Als er seine neue Kollegin – vorbei an Aumann, Gruber, Berger und Danner – zu ihren Arbeitsplatz führte, gingen ihm unaufhörlich die Worte *„Equality, Equity, Woman Power, Equal Rights, Equality, Equity"* durch den Kopf. Dort angekommen ließ die männliche Belegschaft nicht lange auf sich warten. Jeder einzelne *Account Manager* wurde bei Pauline Glück vorstellig und bot der Quereinsteigerin selbstlos seine

Unterstützung an. Nur die Danner ließ sich nicht blicken. Die war natürlich sauer.

Die frischgebackene *Education*-Spezialistin wollte an ihrem ersten Arbeitstag überraschend früh *in medias res* gehen.

„Liebe Kollegen, jetzt muss ich aber arbeiten", sagte sie. „Herr Eibl und ich haben uns für heute sehr viel vorgenommen."

Eibl wuchs in diesem Moment um mindestens zehn Zentimeter. Ganz langsam hatte er die neue Kollegin in die Materie einführen wollen, doch konnte es dieser nicht schnell genug gehen.

„Woher wissen Sie…", fragte er sie an diesem ersten Arbeitstag mehr als einmal. Diese Frau war ein Phänomen.

Ganz unberechtigt waren Eibls Befürchtungen aber natürlich nicht gewesen. Mindestens zehn Mal klopfte ihm ein neidischer Vertriebler mit einem entbehrlichen „Ej, Eibi, alter Schwerenöter" auf die Schulter. Bergers *Ken & Barbie*-Vergleich kam noch vor der Mittagspause, und die Danner meinte bei der Kaffeemaschine gewiss fünfmal: „Ich möchte ja nichts sagen, aber…". Egal, Eibl war mit seiner neuen Kollegin ein Volltreffer gelungen, und bereits am ersten Tag war er sich sicher, dass er bei ihr nicht einmal den *Equality*-Hammer auspacken müsste. Pauline Glück brauchte keinen Schutz. Sie war nicht nur *equal* – sie war mehr als *equal*!

Sogar gegen Berger wusste sie sich zu wehren. Nachdem ihr dieser beim Kaffeeautomaten anvertraut hatte, dass er starke Frauen schätze und es in der Marketingabteilung gewiss ein Plätzchen für sie gab, blieb sie erstaunlich ruhig und überreichte Eibl einen Zettel, auf dem stand:

„Firmenclown mit großem Ego, verstaubten Ansichten und Mikroschniedl?"

Eibl lächelte und schrieb auf die Rückseite des Zettels kurz und prägnant: „Bisweilen ja! 😊 "

Spät wurde es an diesem ersten Arbeitstag. Erst um sieben Uhr blickte Pauline Glück erstmals auf die Uhr und entschuldigte sich bei Eibl, dass sie auf die Zeit vergessen hatte. So passierte es auch am folgenden Tag, und als Eibl ihr am dritten Tag gestand, unendlich froh zu sein, dass sie den Weg zu den DigITellers gefunden hatte, war sie es, die seine Hand ergriff und ihm einen Kuss auf die Wange gab.

„Ich weiß zwar noch immer nicht, was Herr Gruber mit dieser *Equality* will", begann sie. „Ich möchte Ihnen aber danken. Sie sind ein feiner Mann. Darf ich Sie vielleicht ins Kino einladen?"

„Barbie?", fragte Eibl unsicher.

„Nein, eher nicht. Irgendwas stimmt an dem Film nicht. Er ist so voll von Steroiden", antwortete die frischgebackene *Education*-Spezialistin.

„Stereotypen?", fragte Eibl vorsichtig.

„Ja, Stereotypen", lächelte sie.

„Wie wäre es mit „Frida"? Den spielen sie in einem kleinen alten Kino in der Innenstadt. Ich mag den Film. Er ist irgendwie…klüger?"

„Sehr gerne", antwortete Eibl und gab seiner neuen Kollegin ebenfalls einen Kuss auf die Wange.

Möglicherweise falschen Motiven geschuldet etablierte sich in der kleinen *Education*-Abteilung der DigITellers in den kommenden Wochen tatsächlich Chancengleichheit und *Equality*. Pauline Glück machte als *Education-Specialist* einen großartigen Job. Zynismus und Falschheit waren ihr so fern wie dem Teufel das Weihwasser. Sie und Eibl wurden als Paar sehr glücklich, und selbst Danner und Berger konnten an diesem Umstand nicht das Geringste ändern.

Manche Geschichten haben ein unerwartetes „Happy End". Diese ist eine davon.

Anspieltipp:
I´m just Ken (2023)
Ryan Gosling

Abseits des Mainstream

Die Fakten, die Friedl auf seinem Whiteboard im Home-office zusammengetragen hatte, sprachen eine eindeutige Sprache. Schlimmes stand der Welt bevor, und ihm allein kam die Aufgabe zu, das endgültige Armageddon abzuwenden. Wie Lemminge und Schafe bewegten sich alle auf den Abgrund zu und hatten keine Ahnung, was ihnen bevorstand. Nur er – Friedl – hatte die Zusammenhänge zwischen der Weltlage und den Plänen einer heimtückischen, außerirdischen Elite entschlüsselt. Er allein war es auch, der dank *TikTok*, *Instagram* und allen voran *Gaia TV* erkannt hatte, dass sich die Menschen längst in einer Matrix befanden, die sie langsam, aber sicher zerstörte.

Ernst und feierlich betrachtete er das Organigramm mit der komplexen Herrschaftsstruktur der Aliens, die er in monatelanger mühsamer Kleinarbeit in seinem Arbeitszimmer dechiffriert hatte. Nun war alles klar: Ganz oben standen die Reptiloiden, die bereits vor tausenden von Jahren auf die Erde gekommen waren, um hier ein kosmisches Schmierentheater abzuziehen. Da sich die menschliche Spezies damals aber nicht kampflos ergeben hatte, mussten sich die Aliens letztlich mit Menschen, die sich der dunklen Seite der Macht verschrieben hatten, paaren. Der finale Countdown hatte damals seinen Anfang genommen. Selbstverständlich gaben sich diese Reptiloiden – oder Halbmenschen – nicht offen zu erkennen, weil das eine Massenpanik auf der Erde ausgelöst hätte, die auch ihnen nicht zuträglich gewesen wäre. Also wählten sie den unauffälligen und daher umso wirksameren Weg der Infiltration: Manche von ihnen versteckten sich im Himalaya, auf den Osterinseln oder in den Alpen. Manche lebten aber auch jahrhundertelang unter der Erde und warteten auf ihre große Stunde.

Zu Beginn des 21. Jahrhunderts war es dann so weit. 9/11 war der erste Coup, den sie gemeinsam mit der amerikanischen Regierung durchführten. Doch war ihre Unterstützung an Auflagen gebunden. Der damalige US-Präsident musste ihnen versprechen, nach und nach Reptiloiden in die eigene Führungsriege einzuschleusen. So kam einige Jahre später Barack Obama an die Macht, dessen Frau Michelle eigentlich ein Mann war. In den 2010er-Jahren steigerte sich das Tempo der Aliens-Annexion dann exponentiell. Mit den Chemtrails, die Menschen zu willenlosen

Sklaven machen sollten, trat die Menschheit in eine neue Phase der Finsternis. Von wegen Klimawandel! Die angeblich so harmlosen Kondensstreifen manipulierten ganz bewusst das Wetter, um die Weltbevölkerung zu dezimieren. Das weltumspannende Mobilfunknetz diente wiederum dazu, das Hirn der Menschen mit ausgeklügelter Quantentechnologie zu zersetzen.

Friedl begann sich damals zum ersten Mal zu wehren. Mit einem Aluhut versuchte er sich im Alltag ein wenig vor der heimtückischen Strahlung zu schützen. Im Büro der DigITellers war das aber gar nicht so einfach. Seine naiven Kollegen glaubten dem Mainstream bedingungslos und hatten für seine Kopfbedeckung keinerlei Verständnis. So musste Friedl aus seinem Herzen weiterhin eine Mördergrube machen. Im eigenen Land gilt der Prophet ja bekanntlich nichts!

2020 läutete schließlich die Corona-Pandemie das letzte Kapitel der Menschheitsgeschichte ein. Die Reptiloiden George Soros, Barack Obama und dieser Satanist Bill Gates, auf dessen Weisung hunderte Millionen Menschen gechippt worden waren, hatten nun fast ihr Endziel – die Weltherrschaft - erreicht. Friedl gab sich aber nicht geschlagen. In minutiöser Kleinarbeit machte er sich auf die Suche nach Zusammenhängen, die dem Mainstream entgangen waren. Auf *TikTok*, *Gaia TV* und natürlich in einschlägigen Experten-Communities wurde er fündig. Sein Netzwerk wuchs, und dieser Zuspruch gab ihm die Kraft, an seiner Mission – der Rettung der Welt – festzuhalten.

Plötzlich läutete Friedls Mobiltelefon. Es war Aumann.

„Wo sind Sie? Wir haben vor fünf Minuten angefangen. Kommen Sie noch in den *Call*? Wir brauchen die Lizenzzahlen und die Wartungsbeträge vom letzten Monat! Haben Sie die?"

Das Weltherrschaftsorganigramm auf seinem Flipchart hatte Friedl so verzückt, dass er die Zeit übersehen hatte.

„Ich bitte vielmals um Entschuldigung", antwortete er nervös. „Der *Call* mit der *Epikurbank* hat länger gedauert als erwartet. Ich logge mich sofort ein."

Friedl war bei den DigITellers für das Softwarelizenzmanagement zuständig, und dieser Job war in den letzten Wochen kein Honiglecken gewesen. Erneut hatten einige Kunden eine temporäre Stilllegung der Wartung beantragt. Das war unangenehm, aber im Vergleich zur drohenden Reptiloidweltherrschaft doch banal. Zigmal hatte er Aumann zudem das Dashboard gezeigt, auf dem sowohl die Wartungsumsätze als auch die Lizenzzahlen pro Kunde ersichtlich waren. Da den *Head of Sales* dieses aber nicht im Geringsten interessierte, hatte er noch immer keinen Blick darauf geworfen.

Friedl seufzte, loggte sich in den wöchentlichen Status-*Call* ein und aktivierte seinen höchstpersönlichen Bildschirmhintergrund – ein Flugcockpit aus dem Film *„Star Wars"*. Auf diesem saß Jedi-Meister *Yoda* links, rechts der böse *Darth Vader* und zwischen den beiden – quasi als Neutralisator von „Gut" und „Böse" – Friedl.

„Legen Sie los!", begann Gruber auch an diesem Freitagnachmittag. „Wie kann es sein, dass die *Epikurbank* plötzlich weniger *Cloud-Seats* hat als letztes Jahr? Wir haben mit denen doch einen neuen Vertrag abgeschlossen!"
„Ja, das ist richtig", antwortete Friedl. „Allerdings hat der Kunde das Recht, seine Userzahlen am Jahresstichtag zu reduzieren, und da die *Epikurbank* Personal abgebaut hat…"
„Ach papperlapapp", echauffierte sich Gruber. „Aumann, ich gebe die Frage gleich an Sie weiter. Wie kann der Umsatz bei der *Epikurbank* sinken? Ich habe für dieses Jahr ganz klar die Devise ‚Wachstum' ausgegeben! Wie kann es sein, dass Ihre Kapazunder im Vertrieb genau das Gegenteil machen? Wachstum und nochmals Wachstum brauchen wir! Das kann doch nicht so schwer sein!"
„Aber, Herr Gruber …", begann Aumann, wurde jedoch augenblicklich von seinem wild gestikulierenden Geschäftsführer unterbrochen.
Erstmals empfand Friedl Mitleid für den *Head of Sales*. Grubers Verhalten war zutiefst typisch für Reptiloiden. In den Dokumentationen auf *Gaia TV* war mehrfach betont

worden, dass diese den schnöden Mammon dazu benutzten, Menschen gegeneinander auszuspielen. Ob Gruber auch einer von ihnen war, konnte er noch immer nicht mit hundertprozentiger Gewissheit sagen. An der Oberfläche gab sich dieser keine Blöße. Friedl hatte ihn beim letzten Vertriebsmeeting einmal beiläufig gefragt, wie er denn zu den *Star Wars-Neimoidianern* (den gierigen Handelsmonarchen) stehe. In Grubers Blick glaubte er damals ein *„Ich bin aufgeflogen"* gelesen zu haben, eine eindeutige Antwort war dieser aber schuldig geblieben. Der Geschäftsführer der DigITellers hatte nur den Kopf geschüttelt und dann das Weite gesucht. Friedl war damals klar geworden, dass Gruber seine Reptiloid-Existenz definitiv nicht leichtfertig verraten würde.

„Friedl, Friedl, Erde an Friedl, die Lizenzzahlen bitte", drang es plötzlich aus der Ferne zu ihm. Erneut entschuldigte sich der *Head of License Management* für seine Unachtsamkeit und teilte dann den Bildschirm mit den Kollegen. Die Unterlagen waren tadellos. Minutiös hatte er die Lizenzentwicklung der letzten Monate aufbereitet und dargelegt, welche Kunden das höchste Kündigungsrisiko aufwiesen. Keine einzige Frage blieb offen. Dennoch war Gruber nicht zufrieden.

„Und nochmals: Wir brauchen Wachstum und nochmals Wachstum! Konzentriert euch auf die *low hanging fruits*! Denkt bei Deals *out of the box! * Geht die *Extrameile*!", forderte Gruber ein letztes Mal Aumann und seine Truppe auf. Dann war das banale Schauspiel endlich vorüber, und Friedl konnte sich im Homeoffice wieder seinen letzten - noch ungeklärten - Fragen zuwenden.

1. *Enthalten die Chemtrails am Himmel bioaktive Kampf-stoffe, die Menschen zu willenlosen Sklaven machen? Gibt es eine eigene Ausbildung für die Piloten? Wie schützt sich die Elite selbst gegen das Wolkengift, und ist Bill Gates auch ein Kampfpilot?*

2. *Wollte uns der Regisseur von „Independence Day" schon in den 90ern vor einer großangelegten Alien-In-vasion warnen? Ist Donald Trump tatsächlich unsere letzte Chance gegen eine finale Reptiloiden-Durchdrin-gung in der US-Regierung?*

Schluderei konnte man Friedl bei seinen Recherchen gewiss nicht vorwerfen. Peinlich genau hatte er jahrelang bei jeder Frage einen minutiösen Faktencheck durchgeführt. Fast wie *Neo*, der Protagonist aus dem Film *„Matrix",* fühlte er sich. Dieser hatte einst zwischen einer „blauen Pille", die für die angenehme Lüge stand, oder einer „roten Pille", welche die schmerzhafte Wahrheit bereithielt, wählen können. Wie *Neo* hatte sich auch Friedl für die „rote Pille" entschieden. Es war einfach seine heilige Pflicht, der Ignoranz und Arroganz des Mainstreams entgegenzutreten, und *YouTube*, *TikTok* und auch *Gaia TV* versorgten ihn dabei mit wertvollen Informationen.

Anfangs hatten ihm die Plattformen noch unnötige Mainstream-Informationen geschickt, die sich von denen des öffentlich-rechtlichen Rundfunks kaum unterschieden. Nachdem Friedl auf *TikTok* aber die ersten Reptiloid- und Chemtrail-Dokus entdeckt hatte, wurden die vorgeschlagenen Beiträge immer fundierter, und nach einem halben Jahr seriösen Studiums konnte Friedl mit Fug und Recht behaupten, ein Experte auf so manchem Gebiet zu sein.

Von diesem Zeitpunkt an wurde vieles leichter. Er fand Anschluss in Expertenforen, und bald war offensichtlich, dass er sich nicht geirrt hatte: Die Welt war eine Matrix und jeder verantwortungsvolle Mensch hatte die Verpflichtung, die unwissende Masse sehend zu machen. So begann Friedl, das schier unendliche Spezialwissen der unterschiedlichen Gruppen zu sortieren und den anderen zur Verfügung zu stellen. Er selbst übernahm den Gruppenvorsitz der Community „Außerirdische Gefahren und Möglichkeiten der telepathischen Verteidigung". *Sternenstaub 64* und *Fred vom Jupiter* halfen ihm bei diesem Vorhaben selbstlos, und er erarbeitete sich bald den Status eines Fachmanns.

Nach dem langweiligen Lizenzmeeting beschäftigte sich Friedl erneut intensiv mit den noch ungelösten Fragen auf dem Whiteboard. Er kam gut voran. Um zehn Uhr abends ließ er es aber schließlich gut sein, weil er am nächsten Morgen fit sein wollte. Für das Wochenende hatte er ein ganz besonderes Seminar im Waldviertel gebucht, das sich mit den Themen *„Abwehr extraterrestrischer Bedrohungen durch Telepathie"* sowie *„Manifestation unendlichen Reichtums durch bloße Vorstellung"* auseinandersetzte. *Yoda99* - ein aktiver *Podcaster* auf *Gaia TV* - veranstaltete dieses im idyllischen Hotel *Sonnengruß,* und die Seminarkosten von 699 Euro waren ein echtes Schnäppchen gewesen. Im Vorfeld hatte *Yoda99* mehrfach versichert, in nur 84 Stunden 500.000 Euro für jeden Seminarteilnehmer manifestieren zu können. Das hatte Friedl letztlich überzeugt. Mit so viel Geld in der Tasche könnte er den ignoranten DigiTellers endlich die Meinung sagen und sich dann ausschließlich der Verbreitung überlebensnotweniger News widmen. Das Lizenzmanagement in der Firma stahl ihm einfach zu viel Zeit – Zeit, die er in Wahrheit benötigte, um die Welt zu retten.

„Fritzi, leg mir bitte die Fernbedienung auf den Couchtisch – um neun Uhr spielen sie den ‚Bergdoktor'", rief ihm seine Mutter am nächsten Morgen aus dem Zimmer zu, als er sich gerade für das Seminar im Waldviertel fertigmachte.

„Mama, ich hab dir schon so oft gesagt, dass du dir den Blödsinn nicht anschauen sollst!", antwortete Friedl. „Auf *Gaia TV* gibt es so viele gute Beiträge. Wir stehen gerade am Beginn eines spirituellen Erwachens, und es ist jetzt besonders wichtig, seine Shakren zu reinigen und sich von diesem Fernsehschrott nicht das Hirn zersetzen zu lassen!"

„Ich möcht' trotzdem den ‚Bergdoktor' sehen", antwortete seine Mutter. „Der ist so fesch, und das Herz hat er am rechten Fleck."

Friedl seufzte. Ignoranz, wohin man nur blickte. Trotzdem ließ er es schließlich gut sein.

„Ist schon gut, Mama. Ich leg dir die Fernbedienung auf den Couchtisch."

Das Seminar im Waldviertel war mehr als ein spirituelles Erlebnis. Es war eine Offenbarung. Den ganzen Samstagvormittag umarmte Friedl Bäume und labte sich an der zutiefst magischen Energie des Hotels. Am Nachmittag führte *Yoda99* dann die Teilnehmer behutsam in die nächste Phase der Bewusstseinswerdung ein. Dabei stärkte er zunächst die telepathischen Kräfte der Teilnehmer. Dann brachte er ihnen bei, diese auch gegen extraterrestrische Gefahren einzusetzen. Es funktionierte. Kein einziger Alien ließ sich am Wochenende im Waldviertel blicken.

Auch das Essen war exquisit. Samstagabend wurden im *Sonnengruß* zu sphärischen Klängen Spargel, Salat und Babykarotten serviert. Mit energetisch aufgeladenem Quellwasser prostete man sich vergnügt zu und entledigte sich sanft der Schlacken, die sich im Laufe der bisherigen irdischen Existenz angesammelt hatten. Fast schämte sich

Friedl, für dieses Rundum-Wohlfühlpaket nur 699 Euro bezahlt zu haben, wo er doch schon bald durch reine Gedankenkraft 500.000 Euro manifestiert bekommen würde! Dieses Seminar brachte nicht nur Wahrheit und Erleuchtung, sondern auch Wohlstand. Schon bei der Buchung des Retreats hatte er berechnet, dass er mit der Manifestation genau das 715-fache des eingesetzten Betrages zurückbekommen würde und überdies alle Shakren-Schlacken los wäre.

Auch Sonntagvormittag flossen durch das Waldviertler Seminarhotel *Vibes*, die Friedl in dieser Intensität noch nie gespürt hatte. *Yoda99* vernahm Wohlstands-schwingungen in seinem Sakralchakra und stellte sich gewissenhaft auf jeden einzelnen Seminarteilnehmer ein.

„Unendlichen Reichtum für jeden von euch", summte er mantraartig, und ein Seminarteilnehmer begleitete seinen Singsang auf einer imposanten Klangschale.

„500.000 Euro, 500.000 Euro in 84 Stunden", summte auch Friedl. Nur vom „Geld zurück-Passus" war er ein wenig enttäuscht. Dieser kam angeblich nur dann zur Anwendung, wenn „jeder Manifestationsschritt nachweislich perfekt ausgeführt worden war und sich trotzdem kein Erfolg eingestellt hatte".

Kurz überlegte Friedl, wie sich eine suboptimale Ausübung des Manifestierens beweisen ließe, schämte sich aber augenblicklich für sein Misstrauen. *Yoda99* war großartig. Daran gab es nichts zu rütteln, und dass er in 84 Stunden reich sein würde, galt als ausgemacht. Aumann könnte er dann endlich die Meinung sagen, und wenn Gruber tatsächlich ein Reptiloid wäre, hätte er die Möglichkeit, ihn mit telepathischen Kräften zu bekämpfen.

Nach einem letzten Bäumeumarmen war es Sonntagnachmittag dennoch an der Zeit, den Heimweg anzutreten. Friedl hatte seine Chakren gereinigt, und das energetisch aufgeladene Quellwasser hatte ihn in die nächste spirituelle Dimension katapultiert. Während der neunzigminütigen Fahrzeit nach Wien setzte er sich ein letztes Mal mit der Frage „Gruber: Reptiloid - Ja oder Nein?" auseinander. Die Intuition sagte ihm nichts Gutes. Keinerlei *Vibes* menschlichen Ursprungs spürte er bei seinem Chef, und so beschloss er schweren Herzens, auch Gruber in der komplexen Reptiloid-Hierarchiestruktur auf seinem Whiteboard zu berücksichtigen. Friedl seufzte. Ihm war bewusst, dass er seine Analyse noch dieses Wochenende zu Ende bringen müsste. Die Zeit drängte. Die Mainstream-Schafe mussten umgehend gewarnt werden.

„Fritzi, bist du schon da?", rief ihm seine Mutter entgegen, als er die Haustür öffnete.
„Ja, Mama", entgegnete Friedl. „Hast was Vernünftiges gemacht?"
„Fritzi, der Bergdoktor ist so fesch", antwortete seine Mutter.

„Geh Mama, ich hab dir doch gesagt, dass du was Ordentliches schauen sollst!"

Dann war Friedl aber schon in seinem Arbeitszimmer verschwunden und widmete sich den letzten Puzzleteilen seiner Reptiloidforschung. In diesem Arbeitszimmer wurde Wissenschaft für die Ewigkeit betrieben.

Spät wurde es an diesem Sonntagabend. Erst gegen zehn Uhr hatte Friedl mit *„Fred vom Jupiter"* online die letzten Detailfragen zur Reptiloid-Bekämpfung geklärt. Dieser hatte auf *TikTok* eine Anleitung gefunden, wie man Reptiloide telepathisch unschädlich macht. Das Geheimnis lag in einem durchdringenden, stechenden Blick, den man mit zusammengekniffenen Augenbrauen zusätzlich verstärken konnte. Im Bedarfsfall könnte er auf diesem Weg auch Gruber unschädlich machen. Zu Bett gehen konnte Friedl dennoch nicht. Die Reptiloid-Beweise auf seinem Whiteboard mussten nun noch in eine digitale Form gegossen werden. So kamen weitere vier Stunden Detailarbeit hinzu, und als Friedl endlich das Licht ausknipste, war es bereits drei Uhr morgens. Welche Opfer er im Dienste der Wissenschaft erbrachte, war wirklich unglaublich.

Das DigiTellers-Strategiemeeting startete wie jeden Montag um neun Uhr vormittags. Normalerweise musste Friedl an diesem nicht teilnehmen, diesmal war aber alles anders. Gruber hatte sich am Freitag über die sinkenden *Userzahlen* so aufgeregt, dass Aumann seinem *Head of License*

Management auftragen musste, am Montag nochmals die Lizenzzahlen zu präsentieren. Seufzend hatte Friedl zugestimmt.

Wie immer war das Strategiemeeting sterbenslangweilig. Gruber schrie die meiste Zeit herum und faselte irgendetwas über Strategie und das *Gehen von Extrameilen*. Das gab Friedl zumindest Zeit, auf seinem Konto nachzusehen, ob sich die 500.000 EUR schon manifestiert hatten. Fehlanzeige! Nur die Abbuchung von 699 Euro für das Seminar war bisher ein Faktum. Doch stellte er mit Freude fest, dass sich in seinem E-Mail-Postfach eine Nachricht aus Nigeria befand. In dieser versprach ihm ein selbstloser Spender genau 500.000 Euro, wenn ihm Friedl seine Kontodaten übermittle. *Yoda*99 hatte also doch recht behalten. Das Universum sucht sich Mittel und Wege der Manifestation.

Und einen weiteren Vorteil hatte das Strategiemeeting. Während Gruber laberte, konnte sich Friedl auf die letzten Details seiner Reptiloiden-Präsentation konzentrieren. Dann aber war es so weit. Wie durch eine dicke Nebelschicht hindurch hörte er plötzlich Aumanns Stimme.

„Erde an Raumstation Friedl, können Sie bitte die Lizenzzahlen auflegen?" forderte ihn dieser wie schon am Freitag zu Banalitäten auf.

Friedl erschrak.

„Sofort, ich habe gerade einen wichtigen *Call* von der *Epi-kurbank* bekommen", antwortete er hektisch und öffnete dann die Lizenzpräsentation vom letzten Freitag.

„Alles da, Friedl. Jetzt musst du dich aber wirklich konzentrieren!", dachte er bei sich und startete dann seine Präsentation.

„Wie Sie sehen können, sind sowohl die Lizenzzahlen als auch die Wartungsumsätze in diesem Monat...", begann er. Aumann seufzte.

„Friedl, wir sehen nichts. Wären Sie so freundlich, uns ebenfalls am Inhalt teilhaben zu lassen?", fragte dieser.

„Ja natürlich, ich bitte um Entschuldigung", entgegnete dieser und teilte dann seinen Bildschirm.

„Wie Sie sehen können, sind sowohl die Lizenzzahlen als auch die Wartungsumsätze bei der *Epikurbank* in diesem Monat um ganze dreizehn Prozent zurückgegangen. Das liegt daran, dass..."

So ging es etwa zwanzig Sekunden. Dann hörte Friedl plötzlich ein ungläubiges Lachen am anderen Ende der Leitung. Es folgte ein „Unglaublich", „Was ist das?", und letztlich war es Gruber selbst, der die Stimme erhob.

„Friedl", begann dieser leise. „In den zwölf Jahren, die ich nun schon bei den DigITellers tätig bin, ist mir wirklich schon einiges untergekommen. DAS schlägt dem Fass aber den Boden aus. Wenn ich Sie richtig verstehe – Ihre Präsentation ist ja graphisch durchaus ansprechend gestaltet - bin ich also ein Reptiloid. Ich sitze nicht auf der höchsten Stufe der Alien-Pyramide, arbeite dem amtierenden US-Präsidenten aber fleißig zu und muss unbedingt mit einem telepathischen Schutzschild unschädlich gemacht werden. Nur so kann eine weitere Versklavung der Weltbevölkerung verhindert werden!"

An dieser Stelle hatte Gruber bereits die Stimme erhoben, und den letzten Satz brüllte er so laut ins Mikrofon, dass allen Remote-Teilnehmern die Ohren schmerzten.

„Haben Sie denn völlig den Verstand verloren??!!!!"

Friedl schluckte. Dann blickte er auf die Bildschirmfreigabefunktion und stellte zu seinem Entsetzen fest, dass er weder die Lizenzpräsentation noch seinen Desktop geteilt hatte. Es war die Reptiloid-Präsentation gewesen, in der Gruber keine unwesentliche Rolle spielte.

Noch am selben Vormittag hatte der *Head of License Management* ein Sechs-Augen-Gespräch mit Gruber und Aumann, dem schlechte *Vibes* anhafteten. Friedl versuchte, mit einem besonders strengen Blick dem Reptiloid Gruber entgegenzuhalten. Dieser meinte aber nur, dass er aufhören solle, ihn so dämlich anzustarren. Schließlich einigte man sich darauf, künftig getrennte Wege zu gehen.

Die von *Yoda99* angekündigten 500.000 Euro manifestierten sich nach dem Seminar leider nicht auf Friedls Konto. Dennoch sah er davon ab, seine Kontodaten nach Nigeria zu schicken. Auch den Kontakt zu *Sternenstaub64* und *Fred vom Jupiter* reduzierte er. Immer bodenständigere *Vibes* erreichten nun sein Sakralchakra, und nach einem weiteren Faktencheck zum Thema „Reptiloiden" schloss er nicht aus, sich in dem einen oder anderen Punkt vielleicht in etwas verrannt zu haben.

Die Suche nach einem neuen Lizenzmanagementjob nahm einige Wochen in Anspruch, und als Friedl diesen antrat, eilte ihm sogar der Ruf voraus, ein etwas nüchterner Zeitgenosse zu sein. Nur Elli, eine zartfühlende junge Frau, die in der Buchhaltung der neuen Firma arbeitete, spürte, dass der neue Kollege das Herz am rechten Fleck hatte. Es dauerte einige Monate, bis die beiden sich näherkamen. Eines Tages schüttete die schüchterne junge Frau dem Lizenzspezialisten aber ihr Herz aus und vertraute ihm an, an so manch Unerklärliches zwischen Himmel und Erde zu glauben. Elli war ein großer Fan der schwedischen Band ABBA und davon überzeugt, dass Anfang der Siebzigerjahre Außerirdische die Bandmitglieder aufgesucht und ihnen den Auftrag erteilt hatten, der Erde musikalisch Frieden zu bringen. Als Hauptbeweis führte Elli den Song *I Have a Dream* mit der Textzeile *„I Believe in Angels"* an. Für Elli stand fest, dass dies ein eindeutiger Hinweis war.

Friedl widersprach seiner Kollegin äußerst ungern, meinte aber doch, dass man bei manchen Theorien vorsichtig sein müsse und sogar die seriösesten Nachforschungen in eine

Sackgasse führen könnten. Da beide letztlich ein Paar wurden, verlor so manche metaphysische Frage aber bald an Bedeutung. Es stand nun Profaneres an, wie zum Beispiel die Suche nach einer gemeinsamen Wohnung.

Dass Friedl nach einigen Monaten zu Elli zog, gefiel dessen Mutter anfangs gar nicht. Als sie aber erkannte, dass ihr Sohn zum ersten Mal in seinem Leben glücklich war, freute sie sich aufrichtig. Der ehemalige *Head of License Management* der DigITellers hat mittlerweile die Reptiloidforschung hinter sich gelassen, und auch Elli glaubt schon lange nicht mehr, dass die Textzeile „*I Believe in Angels*" außerirdische Botschaften enthält. Trotzdem sind die beiden miteinander überglücklich.

Anspieltipp:

Man on the moon (1992)

R.E.M

Fake it until you make it

Frenetischer Beifall setzte ein, als Gabler zu den Klängen von *Queens* bombastischem *„We Will Rock You"* die Bühne im Austria Center Vienna betrat. Mindestens fünfhundert DigiTellers aus ganz Europa waren angereist, um ihn – Thomas Gabler – gebührend zu feiern.

„Gabler Go! Gabler Go!", feuerten sie ihn an, und Aumann konnte sein Glück kaum fassen. Mit 330 Prozent Zielerreichung war sein Neuzugang nicht nur der erfolgreichste *Account Manager* seines Teams gewesen. Er hatte auch beim internationalen DigiTeller-Ranking den Jackpot geknackt. 330 Prozent - unglaublich! Aumann hatte läppische fünfunddreißig Prozent Umsatzsteigerung zum Vorjahr eingefordert. Gabler hatte ein Vielfaches abgeliefert und das Team eines Besseren belehrt: Nichts ist eben unmöglich, wenn man das richtige *Mindset* hat, s ch *fokussiert* und die

Extrameile geht! Was für ein Vollblutvertriebler, was für ein Held, was für ein Vorbild!

Dabei hatte zwölf Monate zuvor alles noch düster ausgesehen. Maier, Petermann, Hauser, Gregoric und Leiner waren leichenblass geworden, als ihnen Aumann die Salesvorgaben verkündet hatte.

„Manchmal muss man eben auch die Komfortzone verlassen", hatte der *Head of Sales* gemeint, und alle hatten gestöhnt. Niemals wären diese Wahnsinnsziele zu erreichen, hatten Aumanns Pappenheimer gemeint und drei Wochen lang gejammert. Feindbild Nummer Eins waren wie immer die gierigen Manager. Dann verfluchte man die maßlose *Shareholder Value*-Orientierung, und zu guter Letzt warf man dem deutschen Headquarter vor, keine Ahnung vom österreichischen Markt zu haben. Immer dasselbe!

Der Einzige, der ruhig geblieben war, war Gabler. Anfangs dachte Aumann, dass sein Neuzugang einfach zu grün hinter den Ohren war, um aufzumucken. Bald zeigte sich aber, dass der junge Mann einfach Nerven aus Stahl - und außerdem einen Plan - hatte. Schon nach wenigen Wochen Firmenzugehörigkeit tauchten bei den wöchentlichen *Sales-Meetings* Firmennamen auf, an die Aumann bis dahin nicht einmal zu denken gewagt hätte. Kein einziger Name der üblichen Verdächtigen – die *Epikurbank*, die *Lorenzversicherung*, der *Magna*-Pharmakonzern oder der *Brent*-Mineralölkonzern – war dabei. Nein, Gabler tauchte mit

Megamarken aus dem Luxusartikelbereich und der Sport-
wagenbranche auf und meldete riesige *Opportunities* im
internen *CRM*-System ein. Dabei blieb er stets *down to e-
arth* und bescheiden, ohne Gruber und Aumann auf die
Nerven zu gehen. Dieser Mann hatte als Einziger verstanden, was „Unternehmergeist bei einem Angestellten" wirklich bedeutete.

„Nein, ,*Pegasus Sportcars*' möchte noch keine *Management Attention* haben. Intern hat das Management aber
beschlossen, den nächsten *Milestone* in Angriff zu nehmen", hatte er mehrfach selbstbewusst in den wöchentlichen Statusmeetings erklärt.

Und Gabler lieferte! Zuerst erreichte das DigITellers Con-
sultingteam ein Order über 200.000 Euro. Das war zwar
kein Großauftrag, aber vom Timing perfekt. Ende des Jahres wolle der Kunde starten, erklärte Gabler eines Tages im
wöchentlichen *Sales*-Meeting und überreichte Aumann bescheiden die gerade eingelangte Erstbestellung. Phänome-
nal! Aumann hatte damit ausreichend Zeit, seine *Senior
Consultants* allmählich aus den bestehenden Projekten zu
lösen und sie auf eine völlig neue Branche einzuschwören.
Dann kam der Juli - und inmitten in dieser „Sauren Gurken-
Zeit" donnerte eine der größten „Software-Lizenz-Bestel-
lankündigungen" herein, welche die Wiener Niederlassung
jemals erhalten hatte. 600.000 Euro war dem *Pegasus
Sportcars*-Management das eben erst releaste *Content*

Management System der DigITellers wert! Aumann konnte es nicht fassen. Aber damit nicht genug!

Im Oktober - zu einem Zeitpunkt, wo Gabler seine Quote längst übererfüllt hatte - platzte völlig überraschend der nächste Monster-Deal vom *„Jewelry & Luxury"*- Konzern herein. 750.000 Euro für Lizenzen und eine Implementierung zu Beginn des nächsten Jahres hatte Gabler unter Dach und Fach gebracht und sich damit in die Sales-Stratosphäre katapultiert. Sogar die notorisch neidischen Kollegen zollten dem Jungspund Respekt, als die zweite Megabestellung eingetroffen war.

„Gabler Go, Gabler Go!" johlten sie, läuteten im Büro die „Victory-Glocke" und trugen ihren Helden auf Händen durch das Office. Der Junge hatte es sich verdient. Ein Vollblutvertriebler war er - und nett und bescheiden obendrein. Bei 330 Prozent stand er nun, und dank der Gruppenquotenregelung würde er auch den anderen den Allerwertesten retten. Gablers *Sales*-Künste waren ein *Gamechanger*. Gabler selbst war der *Gamechanger* in Person.

Ende November gönnte sich Gabler dann erstmals eine Schaffenspause. Dass er Großes geleistet hatte, war unbestritten. Außerdem wollte er aus Loyalität den anderen gegenüber auch einmal stillhalten. Die 330 Prozent waren perfekt, weil sie ihm im internationalen DigITellers-Ranking den ersten Platz sicherten, seinen Kollegen aber eine Schmach ersparten. Für noch mehr Umsatz wäre er wohl jederzeit gut gewesen, doch hätte dieser die Kollegen alt aussehen lassen, und Gabler war kein Kollegenschwein. Auch das schätzte Aumann an ihm und genehmigte seinem neuen Shootingstar in der normalerweise stressigen Jahresendphase einen dreiwöchigen Urlaub. Der junge Kollege hatte die Ziellinie eben schon passiert!

„Habe die Ehre, liebe Kollegen. Wir sehen uns im neuen Jahr in alter Frische im Austria Center Vienna", schrieb Gabler seinem Team Anfang Dezember und ließ sich dann den Großteil seiner Provision auszahlen.

Das der junge Überflieger schon vorab etwas Geld sehen wollte, war absolut plausibel. Gabler war zu diesem Zeitpunkt bereits zwei Jahre mit Lotte verlobt, und die nette Arzttochter, die einen Faible für Kitzbühel und teures Understatement hatte, hatte Gabler bereits im Sommer zu verstehen gegeben, dass sie endlich in den Hafen der Ehe einlaufen wolle. Alles war perfekt. Lotte sah gut aus, ihr Vater hatte Gabler ins Herz geschlossen, und Geld gab es in der Arztfamilie ohnehin wie Heu. Auch die gelegentlichen Ausflüge in fremde Gefilde hatte ihm seine Ehefrau in spe immer wieder verziehen. Gabler schätzte das sehr und wollte daher auch in der Liebe Nägel mit Köpfen machen. Schon im September hatte er ihr daher in einem Wiener Innenstadtlokal öffentlichkeitswirksam seine ewige Liebe geschworen und um ihre Hand angehalten. Ein Goldring mit einem eingravierten Yin-Yang-Türkis brachte Lottes Herz zum Schmelzen. Gabler gelobte, mit ihr noch im Dezember im schönen Kitzbühel den Bund der Ehe einzugehen, und sie erwiderte seinen Heiratsantrag mit einem zärtlichen „Ja, ich will".

Die folgenden Wochen standen ganz im Zeichen der Hochzeitsplanung. Lottes Vater griff dem Paar finanziell großzügig unter die Arme und bot an, die Hochzeitstafel in einer Tiroler Hütte ausrichten zu lassen. Beide stimmten begeistert zu, und Gabler kostete der Spaß keinen einzigen Euro. Am zwölften Dezember war es dann so weit. Zweihundertfünfzig VIP-Gäste kamen ins schöne Kitzbühel und bewarfen das Brautpaar beim Verlassen der Kirche mit bunten Konfetti und Luftschlangen. Dann versammelte man sich in der zünftig ausstaffierten Hütte, die der Schwiegervater ausgesucht hatte, und stieß mit Champagner und edlen Weinen auf die Ursprünglichkeit des Tiroler Hüttenlebens an. Und natürlich auch auf die Liebe. Gabler war an diesem Abend am Gipfel seines privaten, gesellschaftlichen und beruflichen Lebens angekommen.

Rückblende:

Ein Jahr zuvor war es um den Shootingstar noch ganz anders bestellt gewesen. Mit dem Vertriebsleiter seiner Ex-

Firma hatte sich Gabler furchtbar verkracht, weil ihm dieser partout keine vernünftige Provision auszahlen wollte. Sehr viel hatte er damals zwar nicht gerackert, aber dass sein damaliger Chef Huber ihn mit einem Hungerlohn abspeisen wollte, war trotzdem eine Frechheit gewesen. So etwas ließ sich Gabler nicht gefallen! Im September, kurz vor seinem Ausstieg, hatte er endgültig die Schnauze voll gehabt. Als Huber ihm mitteilte, dass er sich mit ihm wegen „der *KPIs* im nächsten Jahr" zusammensetzen müsse, hatte Gabler ihm vor der gesamten Belegschaft erklärt, dass er „sich den Provisionsplan sonst wohin stecken könne und einfach eine Milliarde reinschreiben solle."

„Null Euro Auszahlung bleiben in dieser Firma null Euro Auszahlung", hatte Gabler durchaus scharfsinnig analysiert. Trotzdem kam die Antwort nicht gut an, und man entschied sich, beruflich künftig getrennte Wege zu gehen.

Ein wirkliches Malheur war das glücklicherweise aber nicht gewesen. Gabler war damals längst in regem Kontakt mit Berger, und dieser hatte ihm signalisiert, dass die DigITellers Typen wie ihn mit offenen Armen aufnehmen würden. Ein bisschen Chuzpe müsse manchmal eben sein, hatte dieser gemeint und ihn bei Aumann über den grünen Klee gelobt.

Ende November war es dann so weit. Gabler wechselte zu den DigITellers und war fortan für das Neukundensegment „*Luxury & Lifestyle*" zuständig – ein Bereich, von dem die

DigITellers so viel Ahnung hatten wie Herman Munster von japanischer Papierfaltkunst. Das war auch gut so, weil Gabler in diesem neuen „Marktsegment" vollkommen freie Hand hatte. Weder Aumann noch Gruber wollten einen Fuß in diese ihrer Meinung nach obskure Branche setzen. So ließ man Gabler einfach mal machen und war überrascht, dass dieser schon bald mit ersten Kontakten, Terminen und Projekten in den wöchentlichen *Sales-Meetings* aufschlug. Für noch größeres Erstaunen sorgte die Tatsache, dass das eben erst gelaunchte „*DigITellers Super Content Managementsystem Alpha Plus*" in der Luxusbranche offensichtlich auf breites Interesse stieß. Produkttechnisch war dieses nämlich keine Offenbarung. Regelmäßig stürzte es ab, und niemand hatte anfangs so recht verstanden, wie es den Weg auf die offizielle Preisliste gefunden hatte. Gabler war es dennoch gelungen, das Ding an den Mann zu bringen.

„Dieser Mann ist ein Teufelskerl", meinte eines Tages daher sogar Gruber. „Ein echter *Gamechanger*!"

An dieser Stelle sei vermerkt, dass Gablers Interesse an *Alpha Plus* in Wahrheit eher beschränkt war. Auch bei seinen Lifestyle-Kunden in spe - *Pegasus Sportcars* und *Jewelry & Luxury* – verhielt es sich nicht anders. Interessant war aber die Provisionsvereinbarung, die Gabler mit Aumann bei seinem Eintritt ausgehandelt hatte:

Erstens bekam er für jede verkaufte *Alpha Plus*-Lizenz einen Multiplikator von fünfundsiebzig Prozent ausgezahlt. Hundert Euro Umsatz, 175 Euro gutgeschriebener Umsatz! Zweitens wurde bei der Provisionsberechnung nicht das tatsächliche Auslieferungsdatum, sondern das Bestelldatum herangezogen. Alles in allem: eine Traumkonstellation für jemanden, der bereit war, für den *Sales*-Erfolg auch weniger ausgetretene Wege zu beschreiten.

Weiters sei erwähnt, dass Gablers außergewöhnliche Performance nicht nur auf sein Sales-Genie zurückzuführen war, sondern auch auf ein weißrussisches IT-Genie namens Oleg und dessen schöne Schwester Olga.

Beide waren einige Jahre zuvor nach Wien gekommen, wo der Software-Fanatiker erkannte, dass das Hacken von Computern nicht nur in Minsk hoch im Kurs stand. So manchen Server ließ Oleg wie ein offenes Scheunentor aussehen, keine Verschlüsselung war ihm zu kniffelig, kein Systemhack war ihm fremd. Gabler war begeistert, und bald kam man ins Geschäft. Offenherzig erklärte er Oleg, dass er wenig Lust hatte, sich bei den österreichischen *„Luxury & Lifestyle"*- Kunden eine Abfuhr nach der anderen zu holen, er ihm aber gerne einen Teil seiner Provision abtreten würde, wenn er ihm dabei helfe, E-Mail-Adressen, E-Mails, Bestellungen, Geschäftsbriefe, Visitenkarten – eben das Übliche – zu fälschen.

Oleg zierte sich nicht lange.

„Kann man machen wie Profi – nix erkennen, unmöglich!",
erklärte er Gabler, und fünf Minuten später besiegelte man
bei einer halben Flasche Wodka das Gentlemen's Agreement. Doch damit nicht genug. Am selben Abend trat auch
Olegs schöne Schwester Olga in Gablers Leben. Gott, war
die schön! Strahlend weiße Zähne hatte sie, Backenkno-
chen, die gewiss göttlichen Ursprungs waren, Beine so
lange wie die Mauer des Kreml und ein Lächeln, das Gabler
augenblicklich schachmatt setzte. Ob es der Wodka gewesen war, der Olga an diesem Abend noch schöner aussehen
ließ als sie wirklich war, konnte Gabler auch Jahre später
nicht sagen. Fest stand, dass er sich hoffnungslos in sie verliebte, und dies war seiner Beziehung mit Lotte nicht sonderlich zuträglich. Wie die meisten Frauen spürte auch
seine Verlobte, dass eine Konkurrentin am Horizont aufgetaucht war, und so stellte sie ihm im August ein Ultimatum.
„Entweder wir machen jetzt Ernst, oder wir lassen es", ließ
sie Gabler unmissverständlich wissen, und so war dieser
gezwungen, seinem Lotterleben ein Ende zu setzen. Finanziell war seine zukünftige Frau ohnehin keine schlechte
Wahl. Ihr Vater war ein angesehener Arzt im ersten Wiener
Gemeindebezirk und las seiner einzigen Tochter jeden
Wunsch von den Augen ab. Lange hatte er Lottes Herzbu-
ben mit Argusaugen betrachtet, irgendwann aber doch
seine Skepsis abgelegt. Charme hatte der Junge ja – das
musste auch er zugeben.

Nur Olga fand Gablers Heiratspläne weniger gut.

„Lotte langweilige österreichische Frau. Weißrussische Seele weit, weiter vielleicht als russische. Nicht Geld zählen, nur Liebe und Herz", befand diese und herzte Gabler in solchen Momenten besonders leidenschaftlich. Das hinterließ Spuren. Wenn Olga ihrem *Sales*-Star gerade nicht die Vorzüge der weißrussischen Seele näherbrachte, freute sie sich durchaus über die eine oder andere *Gucci*- oder *Prada*-Tasche. Als Gabler ihr aber von Lottes Erpressung mit der Hochzeit erzählte, zog sie ihm wütend eine Porzellanvase über und drohte, der Konkurrentin jedes einzelne Detail über ihre Seelenverwandtschaft mit deren zukünftigem Ehemann zu verraten. Erst ein Kleinwagen besänftigte Olga und stimmte ihre großmütige weißrussische Seele wieder versöhnlich.

Dafür hatte Oleg zu diesem Zeitpunkt bereits einiges geleistet. Seine Bestellungen von *Pegasus Sportcars* und *Jewelry & Luxury* waren so perfekt, dass sie nicht einmal ein weißrussischer Hacker als *Fake* erkannt hätte. Als Gabler Anfang Dezember seinen wohlverdienten Urlaub antrat, hatte die Buchhaltung der DigITellers kein einziges Mal die Echtheit der Bestellungen angezweifelt. Doch legte sich auch auf die Geschäftsbeziehung zu Oleg allmählich ein Schatten. Immer öfter beklagte dieser, dass sein Streben nach Perfektion „unvorhergesehene Kosten" verursacht hätte. Olga echauffierte sich wiederum darüber, dass der geschenkte

Kleinwagen selbst in Minsk keinerlei Beachtung fände, und er den seelischen Dolchstoß, den er ihr mit seiner Hochzeit angetan hatte, letztendlich nur mit einer Luxusreise ins ferne Las Vegas sühnen könne.

So befand sich Gabler bereits vor seiner Hochzeit in einer äußerst misslichen Lage: Lotte setzte ihm mit der Hochzeit das Messer an die Kehle, Olga kaprizierte sich nach seinem Heiratsentschluss auf einen Ausflug in die „Stadt der Sünde", und Olegs Wille zur Perfektion war ebenfalls ein Fass ohne Boden. Alles in allem keine einfache Situation.

Dennoch kapitulierte Gabler trotz dieser fast aussichtslosen Umstände nicht. Nach einigen schlaflosen Nächten verklickerte er Lotte glaubwürdig, dass er sie zwar über alles liebe, er aber unmittelbar nach der Hochzeit nach Chicago fliegen müsse. Da die unfähigen amerikanischen Vertriebskollegen nach seiner Sales-Expertise dürsteten, müsste er die Hochzeitsreise leider auf das nächste Jahr verschieben. So viel Teamgeist beeindruckte sogar Lotte. Sie beugte sich Gablers beruflichen Ambitionen, und auch Olga war besänftigt. Mit der Provision, die er sich Anfang Dezember hatte auszahlen lassen, buchte er eine Luxussuite in Las Vegas, die sogar seiner Geliebten ein „Du hast weite weißrussische Seele" entlockte.

Gabler war selig, und auch Olegs „bedauerliche Nebenkosten" hielten sich im Dezember glücklicherweise in Grenzen. Im November ließ sich Gabler noch eine letzte *Jewelry &*

Luxury-Großbestellung schicken, und nach der Hochzeit im schönen Kitzbühel machte er die Fliege. Las Vegas wartete auf ihn. Das Ganze hatte ihm zwar eine schöne Stange Geld gekostet, die Aussicht, mit Olga acht Tage in der „Stadt der Sünde" zu verbringen, war aber durch nichts zu toppen.

Teuer, sehr teuer, wurde schließlich der Aufenthalt im fernen Nevada. Olga bewies sich wiederholt als passionierte, wenn auch wenig erfolgreiche Black Jack-Spielerin. Auch die Suite mit Whirlpool, die Gabler gebucht hatte, war nicht gerade billig. Als dieser Olga am zweiundzwanzigsten Dezember, dem Tag ihrer Rückkehr, gestand, dass er so flüssig war wie Death Valley im Hochsommer, schmolz leider auch ihre Liebe so schnell dahin wie ein Schneemann in der Sahara. Bereits bei ihrer Ankunft in Wien gab sie sich überraschend kühl und konstatierte traurig, dass die weißrussische und die europäische Seele letztendlich so weit voneinander entfernt wären wie der Baikalsee vom Neusiedlersee. Letzte Tränen flossen am Wiener Flughafen. Dann verabschiedete sich Gabler von Olga und fuhr zu Lotte, die bereits sehnsüchtig auf ihn wartete. Etwas verhalten feierte das Ehepaar dann ihr erstes gemeinsames Weihnachtsfest, und Gabler schloss am sechsundzwanzigsten Dezember erstmals nicht aus, dass seine *Sales*-Strategie vielleicht doch nicht so nachhaltig wie ursprünglich erhofft gewesen war.

Im Januar wurden seine Bedenken dann traurige Gewissheit. Fast täglich schrieb ihm die Buchhaltung der

DigITellers mittlerweile, dass noch immer keine Zahlungen eingegangen waren, und immer schwerer fiel es Gabler, die Erbsenzähler davon abzuhalten, echte Mahnungen abzuschicken.

„Nur Geduld. Die haben schließlich auch eine Abschlussbilanz zu erstellen", meinte er zunächst. Dann folgte die „Ich finde es schon ein wenig dreist von uns, einen neuen Kunden so kleinlich zu behandeln"-Phase, und schließlich war Gabler sogar gezwungen, mit dem „Ich spreche mit dem Geschäftsführer. Wir hatten immer einen guten Draht zueinander"-Knüppel für Ruhe zu sorgen. Höchst unlustig war das Ganze mittlerweile!

Nun aber zurück in das Austria Center Vienna, wo sich Gabler zu Beginn unserer Geschichte überschwänglich feiern ließ.

„Gabler Go, Gabler Go", schrien Aumann und sein Team - wie auch weitere fünfhundert DigITellers - begeistert, als dieser auf die Bühne trat und *If I can do it, you can do it too!"* in das Mikrofon brüllte. Die Halle tobte, und Aumann war an diesem einen Tag nicht nur *Head of Austrian Sales*, sondern auch *Champion of International Sales*. Sein Goldjunge Gabler hatte jeden *Account Manager* in Europa hinter sich gelassen und mit 330 Prozent Zielerreichung alles in den Schatten gestellt. Die Party, die an diesem Abend im Austria Center Vienna stieg, war legendär. Bis in die frühen Morgenstunden prostete Gabler seinen Kollegen zu und gelobte, im kommenden Jahr noch eins drauf zu setzen. Zigmal wurde er nach seinem Erfolgsrezept gefragt, und zigmal antwortete er: *„Harte Arbeit und vorausschauendes strategisches Denken"*. Kurz vergaß Gabler sogar Olga, die seit ihrem gemeinsamen Las Vegas-Aufenthalt unauffindbar war. Auch Lottes Vorwürfe, dass er sich noch immer nicht wie ein verantwortungsvoller Ehemann benahm, ließ er an jenem denkwürdigen Abend hinter sich. Nichts und niemand konnte ihm diesen Triumph streitig machen.

Bedauerlicherweise veränderte die Party aber wenig an der unerfreulichen Gesamtsituation. Bereits am nächsten Tag quälten ihn die Erbsenzähler aus der Firma erneut mit unangenehmen Anrufen und E-Mails.

„Wieder kein Zahlungseingang – Bitte dringend um Rückruf", las Gabler gleich dreimal in der Betreffzeile, und die fünf Anrufe in Abwesenheit ließen ebenfalls nichts Gutes vermuten. Äußerst unwillig griff Gabler daher gegen Mittag zum Hörer und rief die Buchhaltung der DigiTellers zurück. Sehr kühl, wenn nicht sogar unfreundlich, nahm die Halbtagskraft Janine seinen Anruf entgegen, und in den folgenden fünf Minuten musste Gabler zur Kenntnis nehmen, dass die Zeiten des Zuwartens endgültig vorüber waren. Gleich am Montag wolle er mit dem CFO von *Pegasus Cars* und *Jewelry & Luxury* sprechen, konnte er gerade noch sagen, als er plötzlich zwei tiefe männliche Stimmen am anderen Ende der Leitung hörte.

„Wir haben bei *Pegasus* angerufen. Die kennen keine Firma namens DigITellers! Sie wissen von keinem Auftrag! Sie haben noch nie den Namen Gabler gehört! Sind Sie vollkommen wahnsinnig?", schrien Gruber und Aumann abwechselnd ins Telefon. Anfangs hielt Gabler noch dagegen und meinte, dass alles ein bedauernswertes Missverständnis sei. Da dies an der miesen Stimmung aber nichts änderte, legte er schließlich auf. Die Sache sah nicht gut aus.

Auch mit Lotte hing der Hausfrieden schief. Als Gabler nach dem Telefonat mit zerzaustem Haar und geröteten Augen im Wohnzimmer auftauchte, empfing ihn seine frisch angetraute Ehefrau ebenfalls schaumgebremst.

„Bist Du vollkommen wahnsinnig geworden!!?", schrie sie ihn an, und als er sie bat, etwas leiser zu sein – er hatte Kopfschmerzen - wurde sie noch lauter.

„Wenn du dich nicht bald einkriegst, werden wir unser Zwei-Monate-Jubiläum nicht erleben! Heute ist eine Kreditkartenrechnung über zigtausende Euro ins Haus geflattert! Ich lese normalerweise keine fremde Post, aber was zum Teufel hast du in Las Vegas gemacht?! Ich dachte, Du warst in Chicago?!"

Gabler seufzte. Der Tag versprach nichts Gutes. So stülpte er den erstbesten Pullover, die erstbeste Hose und die erstbesten Schuhe, die er finden konnte, über und öffnete die Haustür.

„Lass mich kurz auslüften", sagte er leise und verließ dann die Wohnung.

Kalt war es an jenem Januarfreitag, und sehr kurz geriet Gablers Spaziergang durch das schneebedeckte Wien. Gerade einmal zweihundert Meter legte er zurück, als plötzlich ein Streifenwagen mit Blaulicht vor ihm anhielt und zwei Kripo-Polizisten auf ihn zuliefen.

„Das ist er!", hörte er Aumann rufen. Dann klickten schon die Handschellen.

„Sie haben das Recht zu schweigen. Alles, was Sie sagen, kann und wird vor Gericht gegen Sie vorgebracht werden", glaubte Gabler bei seiner Festnahme noch gehört zu haben. Ganz sicher war er sich aber nicht, weil er diesen Satz eigentlich nur aus amerikanischen Serien kannte – nicht aber von der Kriminalpolizei Wien.

Eine Stunde später hatte Aumann eine Unterredung mit Gruber. Der *Head of Sales* erzählte dem Geschäftsführer der DigiTellers, dass ihn Gabler bei der Festnahme tatsächlich gebeten hatte, ihm noch eine Chance zu geben und hoch und heilig versprochen hatte, alles in Ordnung zu bringen. Bedauerlicherweise zeigten aber weder Aumann, Gruber noch die Buchhaltung der DigiTellers Verständnis für Gablers Ansinnen. Auch der Pokal, den dieser am Vorabend vor fünfhundert DigiTellers im Austria Center Vienna entgegengenommen und dann dort vergessen hatte, tauchte nicht mehr auf. Der gemeinsame Umtrunk, der für das montägige Strategiemeeting angesetzt gewesen war, fiel ebenfalls aus.

Lediglich der Zweitplatzierte, Pedro Alvarez im fernen Spanien, hatte Grund zur Freude. Am folgenden Tag erfuhr er von seinem überraschenden Sieg. Seine 170 Prozent Zielerreichung waren plötzlich ausreichend, um den Sieg im Bereich „Neukundenakquisition" davonzutragen.

Gabler war und blieb im Office der DigITellers ein *Gamechanger.* Dennoch nahm man seinen Namen vor Aumann und Gruber besser nicht mehr in den Mund. Nie wieder wollten diese an den einst so gefeierten Power-Seller erinnert werden. Auch entschied man nach Gablers Ausscheiden, das *Lifestyle & Luxury*-Segment in Zukunft nur noch reaktiv zu betreuen.

 Anspieltipp:
Viva Las Vegas – Remix (2010)
Elvis Presley

Eine Hand wäscht die andere

Aumann war außer sich.

„Sind Sie vollkommen wahnsinnig, Hauser? Technisch und kommerziell macht das alles keinen Sinn! In Ihrem ‚Vertrag' haben Sie zugesagt, dass unser *CRM*-System mit dem *ERP*-System und dem Webshop kann und die Callcenter-Lösung auch alle Stücke spielt. Mitnichten! Wir brauchen mindestens ein Jahr, bis wir das am Laufen haben - wenn wir zehn Mann dafür abstellen, die wir selbstverständlich aber nicht haben! Der Binder ist weg, und die anderen sind noch so grün hinter den Ohren, dass jeder Euro im Grunde bezahlte Ausbildung ist! Den Vogel schießt aber Ihre ‚handschriftliche Ergänzung' unter dem unterschriebenen Vertrag ab!"

Nervös rutschte Hauser auf seinem Sessel hin und her.
„Es war schon spät, die Stimmung war ausgelassen", begann dieser.

„Also gut", unterbrach ihn Aumann. „Für alle Anwesenden zum Mitschreiben: Die gute Nachricht ist, dass sich unter den DigiTellers ein äußerst talentierter Lyriker befindet – nämlich Herr Hauser. Die schlechte Nachricht: Dieser Kunstgenuss kostet uns etwa 500.000 Euro – und das ist der *Best Case!*

Aber lassen Sie mich doch einfach einen echten „Hauser" zitieren.

Die Software ist der letzte Schrei
Und ist sie´s nicht...
...auch einerlei ☺

„Sehr witzig, wirklich sehr witzig, Herr Hauser. Auch der *Smiley* darunter. Können Sie bestätigen, dass dieser Vers Ihrer Feder entsprungen ist?"

Hauser senkte den Blick und machte sich klein.

„Er ist nicht mein bester", sagte dieser leise. „Es war vier Uhr morgens, und der Ebner von der *Lorenzversicherung* hat mich mit diesen Long Island Iced Teas..."

„Hauser, sind Sie vollkommen wahnsinnig?", schaltete sich nun auch Gruber ein.

„Wie kommen Sie dazu, einen Vertrag, den weder ich noch die Rechtsabteilung gesehen haben, in einen Nachtclub mitzunehmen?!!!"

„Hab' ich doch gar nicht", sagte Hauser nun etwas lauter.
„Ich hab' dem Ebner das Ding nur per E-Mail geschickt! Das

war alles! ER hat den Vertrag in die Bar mitgenommen, mich besoffen gemacht und dann heimtückisch zugeschlagen!"

„Halten Sie den Mund, Hauser!", unterbrach ihn Gruber.
„Der Supergau bei der Sache ist, dass der Vertrag gültig ist! ‚Prokurist Hauser' – welcher Teufel hat mich damals geritten, als ich Ihnen diese Vollmacht erteilt habe? Wirklich: Wenn Sie mit demselben Ebner nicht den ersten *Lorenz*-Deal unter Dach und Fach gebracht hätten, würden Sie jetzt hochkant rausfliegen! Hat Sie der Ebner völlig weichgesoffen?"
Theatralisch malte Gruber Buchstaben in die Luft des Konferenzraums:

„Die Leiden des verwirrten Hauser – Aufstieg und Fall eines Wiener Lyrikers"

Hauser seufzte.
„Es muss doch eine Möglichkeit geben, das Ganze hinzubiegen! Der Geschäftsführer der *Botticelli-Bar* hat mir verraten, dass der Ebner ‚fleischlichen Genüssen' nicht abgeneigt ist. Ich meine das natürlich rein informativ…"
Gruber verdrehte die Augen.
„Gibt es laut Vertrag irgendeine Chance, Aufwendungen gegen ‚*Time & Material*' abzurechnen?", fragte er Aumann, der an diesem Vormittag sehr blass aussah.

„Wir können theoretisch ein paar Zusatzmasken bauen und dem Ebner als ‚außerordentliche Entwicklungsaufwände‘ in Rechnung stellen. Das ist vertragskonform" meinte Aumann vorsichtig.

„Das Problem daran: Die braucht er nicht."

Gruber überlegte.

„Ich gebe Ihnen zur weiteren Vorgangsweise Bescheid", sagte er kurz. Die Krisensitzung war beendet.

Es war Berger, der sich eine Stunde später bei Hauser meldete.

„Hören Sie", begann dieser, „wir müssen in diesem Fall kreativ und diskret vorgehen. Rufen Sie den Ebner an, und machen Sie für mich ein Meeting aus. Termingrund: Erstellung einer gemeinsamen Erfolgsstory mit ‚anschließendem informellen Ausklang‘.

Und an dieser Stelle sind wir schon bei den ‚fleischlichen Genüssen‘, wie Sie es ja so schön im letzten Meeting gesagt haben. Also: Wohin geht er gerne? Welcher Typ gefällt ihm? Wo wird er locker?"

Hauser schluckte.

„Also den *Don Juan-Saunaclub* mag er am liebsten. Er steht auf blond und drall, Puppengesicht und großer Po".

Berger stöhnte.

„Echt, immer muss ich die Drecksarbeit machen. Warum wird man für die dritte Scheidung auch noch vom Chef bestraft?"

„Darf ich mitkommen?", fragte Hauser.

„Nein, Sie haben schon genug verbockt", antwortete Berger.

Aumann meldete sich noch am selben Vormittag bezüglich des Vertrags. Inhaltlich gab es kaum einen Spielraum. Die Entwicklungsmasken, über die er in der Krisensitzung gesprochen hatte, waren nur für absolute Ausnahmen in den Vertrag aufgenommen worden. Hauser musste es schaffen, den gesamten Vertrag als einzige „Ausnahme" zu interpretieren. Das wurde im Laufe des Meetings offensichtlich.

„Hören Sie", legte dieser los, „Mich interessiert lediglich, wie wir vom momentanen GP (*Gross Profit*) von Minus 528 Prozent auf Plus 25 Prozent kommen. Anders ausgedrückt: ALLE Aufwände, die unsere Junior-Entwickler in die angeblich fertige Callcenter-Lösung und in die vermaledeite Integration stecken, fallen ab sofort unter ‚Ausnahme'. Und wissen Sie, was Ihre Aufgabe ist, Hauser?"

„Ebner dabei zu beraten?", fragte dieser.

Aumann seufzte.

„Der war gut. Nein, Sie werden ihm klarmachen, dass die DigITellers leider gezwungen sind, solche Aufwände IMMER in Rechnung zu stellen. Verstanden?

Eine Zeile Code schreiben – Ausnahme!

Workflow testen – Ausnahme!

Ein kleines Abstimmungsmeeting – Ausnahme!

Auf welche Weise Sie unser allseits beliebter Herr Berger dabei unterstützt, will ich gar nicht wissen!"

Hauser nickte.

„Geht klar", sagte er. „Ich bekomm das hin."

Hauser hatte schon bessere Zeiten erlebt. Gruber befand, dass sich sein ehemaliger *Lorenz*-Hero glücklich schätzen solle, nicht entlassen worden zu sein und strich diesem die gesamte Jahresprovision. War das fair? Seine dichterischen Ergüsse auf dem Vertrag waren vielleicht kein Meisterstück gewesen. Andererseits war es nur ihm zu verdanken, dass die *Lorenzversicherung* im Laufe der Jahre ein Topkunde der DigITellers geworden war. Alles hatte Hauser vor drei Jahren für den ersten Vertragsabschluss gegeben. Seiner Leber hatte er damals schier Übermenschliches abverlangt. Und das ließ Gruber nun alles nicht mehr gelten?

Mit äußerster Unlust rief Hauser den CIO der *Lorenzversicherung* an und vereinbarte für Berger das besagte Erfolgsstory-Meeting. Ja, natürlich werde auch er dabei sein, und natürlich freue auch er sich über den großartigen Abschluss, ließ er Ebner wissen, während sich ihm buchstäblich die Zehennägel aufrollten und er sich einen doppelten Marillenschnaps genehmigte. Dieser Arsch hatte ihn über den Tisch gezogen, und machte sich nun auch noch lustig über ihn. Na warte!

Unmittelbar nach dem *Call* gab Hauser dem *Head of Marketing* Bescheid, dass alles geritzt war. Auch Ebner freue sich, erklärte er Berger, und dann vereinbarte man, dass er – Hauser – eben in letzter Minute krank werden würde. Soll doch Berger den Ebner diesmal unter den Tisch saufen, dachte er sich und genehmigte sich einen letzten Marillenschnaps. Genug gearbeitet!

Als Berger die Woche darauf den CIO der *Lorenzversicherung* traf, zeigte sich dieser über Hausers Erkrankung untröstlich und wünschte ihm eine baldige Genesung. Einvernehmlich stellte man dann fest, dass der abgeschlossene Deal die gemeinsame Kooperation in eine neue Sphäre hieven würde. Auch lobte Ebner mehrfach Hausers Sinn für Humor und seine außerordentliche Begabung für „vertragliche Lyrik".

Berger lächelte.

„Ja, ja, der Herr Hauser. Der ist schon ein ganz Besonderer", stellte dieser fest und schlug dann vor – es gab ja noch kein Projekt zu beschreiben - den Abend an einem gemütlicheren Ort ausklingen zu lassen.

Teuer, allzu teuer war der von Hauser vorgeschlagene *Don Juan*-Nachtclub im Herzen Wiens. Doch war man sich bereits im Vorfeld einig gewesen, dass nur eine großzügige Einladung Ebners den desaströsen *Gross Profit* von Minus 528 Prozent auf Plus 25 Prozent hieven könne. Nirgendwo in Wien gab es attraktivere Damen als im *Don Juan*, und nirgendwo gab es eine bessere Chance, mit der einen oder anderen Indiskretion die Grundlage für eine profitablere Kooperation zu legen.

Bereits um sieben Uhr schlug man im gediegenen Nachtclub auf, und bald war klar, dass sich Ebner auch mit Berger äußerst wohl fühlte. Mehr als zwanzig blonde, schwarze, braune und rothaarige Engel buhlten um Bergers und Ebners Zuneigung, und der überarbeitete CIO der *Lorenzversicherung* fühlte sich wie im siebten Himmel. Fröhlich prostete man sich zu und schwor einander ewige Freundschaft. Dann trat der Abend allmählich in seine entscheidende Phase.

Mit einem sollte Hauser recht behalten: Es war eine dralle Blondine, welche die Chancen der DigITellers auf einen höheren *Gross Profit* letztlich entscheidend erhöhte. In einem überdimensionalen Cocktailglas seifte diese sich bühnenwirksam mit einem Badeschwamm ein und stellte unter Beweis, dass selbst bei den kompliziertesten Waschvorgängen atemberaubende Spagate möglich waren. Ebner war begeistert.

Als die Blondine zu Marilyn Monroes *„I Wanna Be Loved by You"* im Cocktailglas ihren *Stars & Stripes*-Bikini abstreifte, kannte dieser kein Halten mehr. Drei Long Island Iced Teas sowie fünf Bier trugen dazu bei, letzte moralische Bedenken abzulegen. Mit kindlicher Vorfreude legte dieser sein

Hemd ab und sprang in den überdimensionalen, leider aber schlecht fixierten Plexiglas-Badewannenersatz.

„Ich bin *ready*!", schrie Ebner euphorisch, bevor er sich zur drallen Blondine im Cocktailglas gesellte. Auch Berger war zu diesem Zeitpunkt bereits *ready*. Drei Long Island Iced Teas und zwei Bier hatten zwar auch bei ihm Spuren hinterlassen, Ebners akrobatischen Sprung in das Cocktailglas hielt er aber einwandfrei mit seiner Smartphone-Kamera fest. Minutiös dokumentierte er mit der Kamera jene glorreichen Momente, als sich das Glas aus der schlecht montierten Verankerung löste und Ebner mitsamt der drallen Blondine über die sanft beleuchtete Showbühne geschwemmt wurde.

„I wanna be loved by you, just you
And nobody else but you
I wanna be loved by you, alone!
Boop-boop-a-doop!"

sang die echte Marilyn gerade, als sich die falsche über Ebner beugte und ihm weniger zärtlich ins Ohr schrie: „Du vollkommen wahnsinnig! Du zahlen Glas, Bikini, alles!"

„Mein Kreuz", stöhnte Ebner, bevor er unter Gelächter und Pfiffen augenblicklich in einen tiefen Schlaf fiel. Die vier Long Island Iced Teas hatten es in sich gehabt. Auch Berger hatte genug gesehen. Genau dreiundzwanzig Fotos dokumentierten Sprung, Vollbad, Sturz und Schlaf der

„Badenixe" Ebner. „Marilyns" von Schaum bedeckte Oberweite war perfekt abgelichtet. Am besten machte sich aber jenes Foto, auf dem sich diese über den halbnackten Ebner beugte und ihm wütend „Du vollkommen wahnsinnig! Du zahlen Glas, Bikini, alles!" ins Ohr schrie. Fotos lügen nie.

Der Abend im *Don Juan Nachtclub* erreichte zu diesem Zeitpunkt sein abruptes Ende. Zwischen der drallen Blondine und Ebner kam es nicht mehr zum Vollzug. Berger zahlte dem besinnungslos betrunkenen Ebner noch ein Taxi nach Hause und übernahm unter Androhung von Schlägen die Gesamtrechnung von zwölftausend Euro. Das Cocktailglas war irreparabel beschädigt, die Bühne musste mühsam vom Schaumwasser gereinigt werden, und die falsche Marilyn war wegen des Vorfalls angeblich schwer traumatisiert.

Auf Bergers Bitte, ihm eine Gesamtrechnung auszustellen, reagierte der Geschäftsführer vom *Don Juan* überrascht. Nachdem man sich geeinigt hatte, dass „Marilyns" seelische Narben doch nicht so tief waren wie ursprünglich angenommen, dafür aber die Schaumwasserreinigung umso teurer war, stellte ihm dieser aber tatsächlich eine offizielle Rechnung über den Abend aus. Berger konnte sein Glück kaum fassen. Dreiundzwanzig Fotos, die irgendwo zwischen *Buster Keaton, 9 ½ Wochen* und einem Bierzeltfest angesiedelt waren sowie eine Wahnsinnsrechnung, die fast vollständig auf Ebner zurückging, waren eine großartige Grundlage für eine zukünftig lukrativere Zusammenarbeit.

„Berger, eines muss man Ihnen lassen", lobte Gruber seinen *Head of Marketing* am nächsten Morgen, „Sie haben Weitsicht, sind ein guter Verhandler und ein exzellenter Fotograf. Das Bild, auf dem sich die Blondine über Ebner beugt, hat eine Aussagekraft, die unbezahlbar ist. Jetzt kann Hauser wieder übernehmen."

Dieser betrat nur wenige Minuten später das Zimmer seines Geschäftsführers.

„Sie können Berger auf Knien danken, dass die Sache so gut gelaufen ist. Wie Sie Ebner die Bilder und die Rechnung zukommen lassen, ist nun Ihre Sache. Jedenfalls fallen ab sofort alle Aufwände in die Kategorie ,außerordentlich'. Haben Sie verstanden, Hauser?"

„Welche Fotos?", fragte Hauser.

„Berger schickt sie Ihnen nach dem Gespräch. Mir bleibt nur Folgendes zu sagen: Bringen Sie das Schlamassel wieder in Ordnung!"

Fünf Minuten später ertönte ein lauter Schrei durch das Büro der DigITellers.

„What the F...", brüllte Hauser, als er die Fotos von Hobby-Paparazzo Berger betrachtete. Übel, ganz übel war das – gleichzeitig aber auch der Schlüssel zu einem höchst profitablen Projekt.

Der Freundschaft zwischen Hauser und Ebner waren die Don Juan-Aufnahmen bedingt zuträglich. Der in Ungnade gefallene *Account Manager* versicherte dem CIO der *Lorenzversicherung*, dass er von den Fotos zwar nur „im äußersten Notfall" Gebrauch machen würde, er aber leider gezwungen wäre, diverse Integrationsaufwände ab sofort als „außerordentliche Aufwendungen" zu verrechnen. Leider!

„Du mich auch!", dachte sich Ebner, als Hauser ihm von der bedauerlichen Vertragsänderung berichtete. Die ersten zwölftausend Euro - die Folgen seines Sprungs in das Cocktailglas der falschen Marilyn - überwies er dennoch umgehend, und auch in den darauffolgenden Wochen folgten weitere „außerordentlichen Aufwände". Nur Hauser schaute durch die Finger. Obwohl sich die DigITellers nun mit schlecht ausgebildeten *Junior Consultants* eine goldene Nase verdienten, blieb Gruber knallhart. Sein ehemaliger Starverkäufer erhielt keinen Euro Provision, während Berger sich über achttausend Euro „Spezialbonus" freuen durfte. Ausgerechnet Berger – der nur ein paar Fotos gemacht und dabei sicherlich seinen Spaß gehabt hatte!

So ging es mehrere Wochen. Hausers E-Mails und Anrufe lösten bei Ebner bald einen nervösen Ausschlag aus. Brav bezahlte dieser aber weiterhin jeden „außerordentlichen Aufwand" der DigITellers und suchte verzweifelt nach einer Möglichkeit, aus dem Ganzen rauszukommen. Wie hatte er nur so blöd sein können, diesen Auftritt hinzulegen und sich damit ewig erpressbar zu machen?

Manchmal kommt im Leben aber Hilfe von denjenigen, von denen man es am wenigsten erwartet. Da sich Gruber weiterhin weigerte, Hauser auch nur einen Cent Provision auszuzahlen, änderte dieser seine Strategie. Und dieser Strategiewechsel sollte letztlich auch Ebner zugutekommen.

Es gibt einen Grund, warum es Kunden in einem Nachtclub nicht gestattet ist, Smartphone-Kameras zu benutzen. Sie zeichnen auf, was im Dunkeln bleiben soll, und ein Regelverstoß kann unangenehme Konsequenzen mit sich ziehen. Anders verhält es sich bei den Videokameras des Nachtclubs selbst. Diese dienen der Sicherheit der Gäste, zeichnen bisweilen aber ebenfalls Dinge auf, die besser nicht das Licht des Tages erblicken. Bergers Fotos fielen in jene Kategorie. Sergej Fährlich, der Besitzer des *Don Juan*-Nachtclubs, hätte am besagten Abend den unerlaubten Smartphone-Kamera-Gebrauch eigentlich gar nicht bemerkt. Die zwölftausend Euro hatten ihm einen großartigen „außerordentlichen Umsatz" beschert, insofern gab es seinerseits keinerlei Grund zur Klage.

Als Hauser ihm aber irgendwann im Oktober das Angebot machte, sich zusätzlich ein wenig Taschengeld zu verdienen, konnte dieser selbstverständlich nicht widerstehen. Sein jahrelanger Stammgast hatte ihm freiwillig eine E-Mail seines Geschäftsführers geschickt, aus der hervorgegangen war, dass Hauser Ebner mit Fotos erpressen solle. Hauser drehte nun den Spieß um – und zwar ohne Rücksicht auf Verluste. Ganze zwölftausend Euro bot er Sergej Fährlich einmalig dafür an, Gruber eine E-Mail zu schreiben, in der er für das widerrechtliche Filmen im Club und die angeblich gehackte Erpressermail fünfzigtausend Euro verlangte. Ein Handschlag besiegelte das Gentlemen's Agreement.

Einerseits war Hausers Angebot leichtverdientes Geld, andererseits mochte Sergej Hauser, der dem Nachtclub als jahrelanger Stammgast schon mindestens 100.000 Euro Umsatz eingebracht hatte.

Gruber reagierte sehr rasch auf Sergej Fährlichs E-Mail. Gerade einmal fünf Stunden dauerte es, bis dieser die geforderten fünfzigtausend Euro auf das Firmenkonto des *Don Juan* transferiert und beim Referenzzweck „Außerordentliche Aufwände" eingetragen hatte. 12.000 Euro behielt Sergej selbst und 38.000 Euro gab er, wie vereinbart, Hauser in bar. Diese Summe entsprach exakt jener Provision, die Gruber ihm bei hundert Prozent Zielerreichung auszahlen hätte müssen. Mehr wollte Hauser nicht. Er war schließlich ein Ehrenmann.

Von diesem Zeitpunkt an wurde auch Hausers Verhältnis zu Ebner wieder besser. Der Account Manager der DigITellers eröffnete dem CIO eines Tages, dass er als Prokurist bereit wäre, dem ehemals guten Geschäftsfreund den Kopf aus der Schlinge zu ziehen. Ebner war dafür unendlich dankbar und bedankte sich für Hausers Kulanz wiederum mit einer „Sonderprämie". Nichts geht eben über echte Handschlag-qualität.

Anspieltipp:

Senorita (2002)

Justin Timberlake

Ein ganz normaler Messetag

Immel erreichte sein Frankfurter Hotel zwei Stunden später als geplant. Schon in Wien hatte sein Flieger eine Stunde Verspätung gehabt. Am deutschen Flughafen war eine weitere dazugekommen. Zuerst gab das Rollband seinen Koffer nicht heraus, dann musste er am bisher heißesten Tag des Jahres ewig auf ein Taxi warten. Scheinbar wollte jeder zur *Digital Rebels*-Konferenz, die dieses Jahr im Herzen Frankfurts stattfand.

Dass Immel auch dieses Jahr mit von der Partie war, hatte sich erst in letzter Minute entschieden. Nachdem Binder drei Monate zuvor gekündigt hatte und niemand bereit gewesen war, seinen *Speaker Slot* „APIs, Webservices & Plug-Ins versus Einheitliche Plattformen" zu übernehmen, hatte Aumann den Messeauftritt der DigITellers fast schon absagen wollen. Berger hatte aber interveniert, weil ihm sonst das Marketingbudget für das nächste Jahr gekürzt worden wäre. So wurde dem *Junior Software Architect* Hörmann schließlich nahegelegt, „freiwillig" einzuspringen und die Fahne der DigITellers hochzuhalten. Natürlich wollte dieser partout nicht - Binders Fußstapfen waren größer als die des Yeti im Himalaya-Gebirge. Aber was blieb ihm letztlich übrig? Manchmal konnte Aumann gnadenlos sein.

Immel betrafen diese Probleme glücklicherweise nicht. Er war Vollblutvertriebler und gab auf diesen technischen Kram wenig. Ja, die *Digital Transformation* würde alle treffen. Das war ihm natürlich bewusst. Da die DigITellers aber ohnehin *Seamless Integration, Plug&Play-Technology* und *End-to-End-Process-Integration* anboten, konnten ihm die Details gestohlen bleiben. Zutiefst langweilig war dieser technische Kram, und diese Meinung teilten auch die meisten seiner Kunden.

Immels Stärke war das *Socializing*, und gemeinsam mit Hauser bildete er die „Speerspitze der Neukundenakquisition".

„Rustikal und einer seriösen Kundenbetreuung nicht würdig" bezeichnete Aumann bisweilen seine *Soft Skills*, doch der Erfolg gab ihm Recht. Wie viele Deals hatte er schon in letzter Minute in einer schummrigen Bar unter Dach und Fach gebracht? Wie oft schon war er mit Gruber und Berger ausgerückt, um im letzten Moment doch noch das Unmögliche möglich zu machen? „Die Leber wächst mit ihren

Aufgaben", pflegte Immel nach solchen durchzechten Nächten lächelnd zu erzählen, und das verstohlene Nicken Aumanns und das Schulterklopfen Grubers bestätigten ihm regelmäßig, dass er mit seinem Ansatz völlig richtig lag.

Spät kam Immel an jenem heißen Julitag im Messehotel an, das seine Kollegen schon einige Stunden zuvor bezogen hatten. „Frankfurt-Pyramide" nannten die Einheimischen das Ungetüm, das tatsächlich die Form einer Pyramide hatte und dessen Balkone so ausladend gestaltet waren, dass man den Gästen im jeweils unteren Stockwerk direkt auf die Glatze sehen konnte. Schön war die Unterkunft nicht, dafür lag sie − logistisch ideal - direkt neben dem Messegelände. Aumanns Assistentin hatte Immel zudem direkt neben Berger und Hauser einquartiert, und die waren zumindest nicht so langweilig wie der Rest der Truppe. Die meisten DigITellers waren am selben Tag schon zu Mittag in Frankfurt gelandet. Sie müssten sich angeblich auf die Messe vorbereiten, hatten sie in Wien steif und fest behauptet, und drei Kollegen − Danners neue Assistentin, ein Entwickler und natürlich Hörmann - machten das tatsächlich. Bis zum frühen Abend ärgerten sie sich in der stickigen Messehalle mit fehlenden Stromanschlüssen, defekten Standkomponenten und der Inkompetenz des Messepersonals herum. Dem Rest des Marketing- und Vertriebsteams ging es bedeutend besser. Bereit zum *Socializing*

hatten sie sich schon am frühen Abend in der Hotelbar eingefunden, wo es bald hoch herging.

„Prost, Prost, meine Herren
Prost, Prost, meine Herren,
Wie wollen einen heeeeeben"

schallte es Immel schon beim Betreten des Hotels entgegen, und wenig später begrüßten ihn die DigITellers mit einem fröhlichen „Eyyyy, Immi!" an der Hotelbar.
Alles war wie gehabt. Aumann stand am Rande der Bar und
langweilte die anderen mit seinem *Business-Talk* über
Extrameilen, die zu gehen wären, zu Tode. Bemüht lächelnd stieß er mit Schwarz, Hörmann und den anderen an,
währenddessen er in Zeitlupentempo an seinem Bierchen
nippte.
„Alter Spießer", dachte sich Immel, der genau wusste, dass
sich Aumann in etwa zehn Minuten verabschieden würde,
weil er dringend noch ein „paar E-Mails abarbeiten" müsse.
Mit ihm würde auch Hörmann w.o. geben, der morgen diesen *Integrations*-Mist präsentieren musste.
Immels Menschenkenntnis war beeindruckend. Exakt
zwölf Minuten später entschuldigte sich Aumann mit seiner „E-Mail-Ausrede" tatsächlich. Drei Schluck Helle später
empfahl sich auch Hörmann, und zurück blieb wie immer
der harte Kern der DigITellers: Hauser, Berger, Gregoric,
Leiner und überraschenderweise auch die Danner.

Angestrengt überlegte Immel, warum der *Head of Social Media, Diversity & Inclusion* an diesem Abend ebenfalls einen Trinkspruch nach dem anderen aus dem Hut zauberte. An den immer tiefer werdenden Blicken zwischen Berger und ihr vermeinte er aber bald den Grund zu kennen.

„Donnerwetter, der alte Fuchs hat's aber noch immer drauf", dachte Immel, als er Danners ermutigende Blicke Richtung Berger sah. Er selbst hielt sich bei solchen Firmengeschichten für gewöhnlich zurück, und auch beim Alkohol kannte er an jenem Abend seine Grenzen: Nach dem fünften Bier war Schluss. Bei der *Digital Rebels*-Messe war Durchhaltevermögen gefragt. Die Standparty am nächsten Abend würde ihm noch einiges abverlangen. So machte er sich gegen ein Uhr morgens davon. Morgen war auch noch ein Tag.

„Eyyyy, Immi", verabschiedeten ihn die Kollegen gutgelaunt, als er in den Lift wankte.

Keinen Deut kühler war es am nächsten Tag in Frankfurt. Erbarmungslos knallte die Sonne auf das Messegelände. Trotzdem fühlte sich Immel topfit, als er den Hotelfrühstücksraum betrat. Einige DigITellers - wie zum Beispiel Hörmann, Aumann und Danners Assistentin - wirkten ausgeschlafen. Hauser, Gregoric und Leiner hatten am Vortag aber wieder kein Ende gekannt und versuchten nun, mit viel Wasser, Kaffee und fettigen Würstchen ihren Kater auszutricksen.

„Meine Güte, sind die noch grün hinter den Ohren", dachte sich Immel.

„Jungs, heute katapultieren wir die DigITellers in eine neue Liga", sagte er zu ihnen.

Gregoric und Leiner nickten blass. Hauser gönnte sich am Tisch noch ein kleines Nickerchen.

Die *Digital Rebels*-Messe stand dieses Jahr ganz im Zeichen der *Digitalen Transformation, der künstlichen Intelligenz* und natürlich der *Robotic Process Automation* – dem neuen Steckenpferd der DigITellers. Die Eröffnungsrede hatte ein charismatischer CEO aus dem Silicon Valley übernommen. Über den Inhalt war im Vorfeld nichts verraten worden. Jeder Teilnehmer war lediglich gebeten worden, die *Digital Rebels*-Messe-App downzuloaden. Alles wäre dieses Jahr interaktiv, hatten die Organisatoren mehrfach schriftlich betont, und diese Interaktivität wäre nur per App möglich.

Immel reiste dieses Jahr ohne App – und somit ohne Agenda – nach Frankfurt. Am Wiener Flughafen hatte er ein letztes Mal erfolglos versucht, sie downzuloaden. Da die Messeinhalte aber ohnehin über- und das *Socializing* auf der Messe unterbewertet wurde, kam er dennoch entspannt in die riesige Messehalle. Um Punkt neun Uhr legte der Silicon Valley-CEO los. Gut sah er aus mit seinen strahlend weißen Zähnen und seinem grauen, akkurat zur Seite frisierten Scheitel. Begeistern konnte er auch. Nachdem er die etwa zweitausend *Digital Rebels* mit den intimen Willkommensworten „Good Morning Frankfurt" begrüßt hatte, klatschte er gut gelaunt in die Hände und hüpfte über die Bühne.

„Do you want to be successful?", brüllte er ins Mikrofon, und in den kommenden zwanzig Minuten ließ er keinen Zweifel daran, dass der *Disruption*, der *Total Customer Centricity* und der *Robotic Process Automation* die Zukunft gehören würden. Ganze fünfzehn Mal gab er den diesjährigen heiligen Gral des Erfolgs - *Think, Focus, Run* - zum Besten, und Immel jubelte ihm, wie auch die anderen zweitausend *Digital Rebels*, begeistert zu.

Die erste Publikumsfrage bezog sich auf die digitale Transformation. Der sonnengebräunte Kalifornier wollte wissen, ob diese

a)   sehr wichtig (Emoticon: Rakete 🚀)

b)   recht wichtig (Emoticon: Daumen hoch 👍)

c)   vielleicht wichtig (Emoticon: Neutrales Smiley ●)

d)   wichtig wie ein Reissack, der in China umfällt (Emoticon: Daumen runter 👎)

sei. Immel konnte mangels App bei dieser Gretchenfrage leider nicht mitstimmen, sah aber bald tausende Raketen über den Bühnenscreen fliegen. Die digitale Transformation war also wichtig.

Um Punkt 9 Uhr 45 verließ der attraktive Scheitelträger unter tosendem Beifall die Bühne. Immel machte sich auf den Weg zum Messestand der DigITellers. Aumann hatte ihn gebeten, Berner, einem neuen Vertriebskollegen, ein wenig unter die Arme zu greifen. Der Gute war zwar hochmotiviert, hatte aber natürlich nicht Immels Vertriebserfahrung und Killerinstinkt. Noch immer versteckte er sich hinter technischen Fakten und ähnlichem Blödsinn. Dabei raffte er nicht, dass es in Wahrheit um *Customer Centricity, Passion* und die berühmte *Extrameile* ging. Dass man diese nie in langweiligen Meetingräumen zurücklegt, musste Berner aber noch lernen.

„Immel, nehmen wir Platz in unserer Kajüte", sagte Aumann, als dieser den Stand erreichte.

„Ich nehme an, dass Sie sich schon kennen. Sollte dem nicht so sein: Kollege Immel, Kollege Berner."

„Sehr erfreut", sagte Berner.

„Sehr erfreut", antwortete Immel.

„Also was tun Sie", begann Aumann, „wenn der Kunde Sie mit Einwänden belästigt wie ‚Der Preis ist zu hoch', oder ‚Ich muss erst eine Zweitmeinung einholen', oder „…"

„Darf ich?", unterbrach ihn Immel.

„Sie *stellen eine Mauer auf*", sagte er.

„Was - eine Mauer aufstellen?", fragte Berner erstaunt.

„Ja, Sie *stellen eine Mauer auf* und greifen nach den *Low Hanging Fruits.*"

„Ich dachte, es geht um Software und nicht um Obst und Mauern", fragte Berner nun noch erstaunter.

„Ach Immel", sagte Aumann. „Hören Sie doch auf mit Ihren Fachtermini – Nur das *Big Picture* bitte und die *Conclusions*. Wir brauchen *Real Talk*.

Herr Berner – was Herr Immel ausdrücken möchte, ist, dass Sie sich auf den ‚einfachen Umsatz' konzentrieren sollen und dem Kunden unschlagbare Argumente liefern, dass er einfach bei ihnen kaufen MUSS."

„Aber bei der *Magna Pharma* hab ich das doch schon getan. Unsere Software gefiel ihnen. Jede einzelne Frage konnte ich dem *CIO* beantworten, und die Schlusspräsentation war auch aus einem Guss. Aber was soll ich denn tun, wenn er keinen Bedarf hat?"

Aumann seufzte.

„Ach, immer diese Ausrede mit dem Bedarf. Wir hatten mal einen Kollegen namens Binder, der genauso dachte wie Sie. Das passt nicht zum lockeren Stil unserer Firma! Fachliche Kompetenz und Detailwissen werden oft überbewertet. Was zählt, ist die Fähigkeit zu begeistern! Nehmen Sie sich am Kollegen Immel ein Beispiel. Auf seine unnachahmliche Art und Weise schafft er immer wieder das Unmögliche. Manchmal kommt man sich halt nicht im Büro näher. Es gibt auch andere Wege. Mit der Zeit kommt aber ohnehin die Erfahrung."

„Berner, Sie müssen noch einiges lernen. Aber als Vollblut-vertriebler spüre ich, dass Sie ein *ungeschliffener Diamant* sind", fügte Immel hinzu.

Berner nickte.

Das Vertriebstraining war abgeschlossen. Der IT-Kongress konnte beginnen.

Bedauerlicherweise hielt sich der Andrang am DigITellers-Messestand in Grenzen. Mehrfach hatte der Vertrieb im Vorfeld versucht, Interessenten nach Frankfurt zu karren. Die wenigsten aber hatten darauf reagiert. Diejenigen, die antworteten, meinten nur „Ich schau vorbei, wenn es sich ausgeht." Traurig ließ sich das ganze an. Keine Hose konnte toter sein.

So vertrieb sich Immel die Zeit mit diversen Standbesuchen. Die Kunden, die zum DigITellers-Stand kamen, übernahmen Hörmann und Berner. Immel konzentrierte sich aufs *Socializing*. Das war wichtiger als der ganze Technik-kram.

Um Punkt 13 Uhr 15 fand sich Hörmann im *„Viennese Corner"* ein und eröffnete etwas angespannt seine Präsentation „APIs, Webservices & Plug-Ins versus Einheitliche Plattformen". Er schlug sich gut. Da der Vortrag der erste nach der Mittagspause war, besuchten diesen aber leider nur sieben Personen. Immel war einer von ihnen und gab Hörmann seelischen Beistand. *„Seamless Integration, Plug & Play"*, flüsterte er seinem Sitznachbarn – einem CIO aus der Pharmabranche – bedeutungsschwanger zu. Sonst beließ er es beim Zuhören.

„Toller Vortrag, Hörmann, wenn auch ein wenig technisch", lobte er seinen Kollegen nach der mangels Fragen ausgefallenen *Q&A-Session*. Was ich nur schon immer wissen wollte: Verkaufen wir bei dieser *Robotic Process Automation* wirklich Roboter? Ich meine, wo kann man die denn kaufen?"

Hörmann schaute irritiert. Gerne wolle er mit Immel die technischen Details in Wien besprechen, sagte er. Leider ginge aber bald sein Flieger, und er müsse dringend zum Flughafen.

Immel nickte. Noch einige andere *Breakout-Sessions* besuchte er an diesem Nachmittag. Wirklich spannend war aber keine. Die Vortragenden waren alle viel zu technikverliebt. Er verstand sich eben als *Digital Rebel* und nicht als langweiliger *Tekkie*.

Kurz vor fünf Uhr war dann Schluss mit der *Disruption*. Die *Digital Rebels* stürmten das Büffet, wo leckere Brötchen, Desserts und Bierchen gereicht wurden. Auch Berger und die Danner liefen Immel wieder über den Weg. In fröhlicher Eintracht standen sie an der Messebar und prosteten einander munter zu. Wie der Berger das machte, war schon bewundernswert, dachte sich Immel. Viel Zeit zum Beobachten blieb ihm aber nicht, da sich noch ganz andere Kapazunder bei der Bar eingefunden hatten.

Zoller, der ehemalige CIO der *Epikurbank*, war da sowie der alte Prammer von der *Zeus-Versicherung*. Mit ihm hatte Immel im vierten Quartal des letzten Geschäftsjahres – genauer gesagt am dreißigsten Dezember (!) - in einer Wiener Innenstadtbar noch einen Megadeal ausgehandelt. Um vier Uhr morgens hatte Prammer endlich unterschrieben und dabei seinen fünften *Long Island Iced Tea* ausgeschüttet. Klatschnass war der Vertrag gewesen, die Unterschrift hatte glücklicherweise aber nichts abbekommen. Ein Riesentheater war das Ganze trotzdem gewesen. Gruber und Aumann hatten ihn ganze drei Stunden vor dem Jahreswechsel noch zu einer Telefonkonferenz verdonnert, und Immel musste lallend über seinen ersten *Robotic Process Automation-Deal* Rede und Antwort stehen. Außerdem musste er sich im Januar bei Gruber wegen der 2.000 Euro-Gastronomierechnung rechtfertigen. Trotzdem: Prammer hatte unterschrieben. Das war das Einzige, was zählte. Der Deal hatte den DigITellers – und auch Immel – den Kopf aus der Quotenschlinge gezogen.

Die Standparty startete etwa zwei Stunden später in der Haupthalle und ließ sich langsam an. Die meisten *Digital Rebels* schossen zwar Unmengen an Selfies, bei den Bierchen hielten sie sich aber vornehm zurück. Langweilig. Alles plätscherte auf Halbmast dahin. Immel wurde an diesem Abend mindestens zehnmal gefragt, was denn der *USP* der DigITellers-Lösung sei, und zehnmal musste er antworten, dass es natürlich die *Seamless Integration* und der *Plug&Play*-Ansatz seien.

So ging es ganze drei Stunden. Pünktlich zu jeder vollen Stunde dröhnte *Queens „We Will Rock You"* und *Tina Turners* unvermeidliches *„Simply The Best"* aus den Hallenlautsprechern. Die Party selbst war aber leider nicht „The Best", und zum Rocken gab es auch nichts.

Aumanns Vertriebsteam verließ daher sehr bald den eigenen Messestand und suchte Inspiration bei *Human Touch,* einem recht kleinen Anbieter in einer Nebenhalle. Was *Human Touch* genau verkaufte, erschloss sich den meisten Besuchern nicht wirklich. Fest stand allerdings, dass sich auf dem Stand die heißesten Messehostessen tummelten und dort auch die besten Drinks serviert wurden. Auch Immel ließ es um etwa neun Uhr mit dem Fachsimpeln und den technischen Details gut sein und wechselte in die Nebenhalle.

Dort war es lustiger. Ein Bierchen folgte auf das andere, und als die *Human Touch*-Hostessen gegen Mitternacht die erste Schnapsflasche öffneten, steppte endlich der Bär. Ausgelassen stieß Immel auf die künftige Kooperation zwischen *Human Touch* und den DigITellers an und konzentrierte sich endlich ausschließlich auf seine wahre Stärke – das *Socializing*.

Dann wurde ihm plötzlich übel. Kein Wunder: Die mittlerweile neun Bierchen und fünf Gläser Schnaps forderten ihren Tribut. Mitten in Frankfurt fühlte sich Immel wie auf einem Wiener Praterkarussell.

Meine Güte, war ihm schlecht. Die fünfhundert Meter von der Messehalle zum seltsamen Pyramidenhotel legte er zu Fuß zurück. An der Rezeption vorbeiwankend warf er der jungen Rezeptionistin noch Kusshändchen und ein „Naaach" zu, bevor er in den Lift stieg. Dass sein Zimmer im zweiten Stock war, wusste er noch, sonst war ihm weniger zum Denken zumute. Als sich die Aufzugstür öffnete, hantelte er sich an der Wand entlang zu seinem Zimmer. Gott sei Dank - seinen Schlüssel hatte er nicht verloren. Fest hielt er diesen in seiner rechten Hand, doch bemerkte er zu seinem Entsetzen, dass er in der Früh offenkundig vergessen hatte, seine Zimmertür zu schließen. Sperrangelweit stand diese offen. Zeit, sich über diesen Fehler zu ärgern, blieb ihm aber keine. Dafür war ihm viel zu übel.

Mit letzter Kraft knallte Immel die Tür hinter sich zu, stürmte durch das Hotelzimmer Richtung Balkon, schlüpfte unter dem zugezogenen Vorhang durch die offene Balkontür und übergab sich schließlich im großen Stil über das Balkongeländer. Mein Gott, war ihm schlecht, wobei die Affenhitze alles nur noch schlimmer machte. Noch immer maß das Thermometer satte dreißig Grad Celsius, und so zog sich Immel pudelfasernackt aus und schlief auf dem Balkonplastikstuhl augenblicklich ein. Auch der beste *Socializer* musste irgendwann ruhen. Mucksmäuschenstill verbrachte er die nächsten Stunden auf dem Balkon und versäumte daher ein Schauspiel, das er in einem weniger angetrunkenen Zustand anders wahrgenommen hätte.

Immel war in dieser Nacht nämlich nicht allein. Etwa eine Stunde, nachdem er der hübschen Rezeptionistin ein Abschiedsküsschen zugeworfen hatte und ins Zimmer gewankt war, fanden sich auch seine Kollegen Berger und Danner im selben Zimmer ein und gaben der Romantik endlich eine faire Chance. Im wahrsten Sinne des Wortes war dieses Schäferstündchen sowohl Bergers als auch Danners Messehöhepunkt. Mit der *Leads*-Ausbeute von drei Kontakten konnte der *Head of Marketing* nicht zufrieden sein, und auch Danners Breakout-Session „*One World, One Team, Limitless Diversity*" hatte bedingt für Furore gesorgt. Gerade einmal zwei *Digital Rebels* hatten sich für den Vortrag interessiert, und einer davon war Berger gewesen. Der andere *Rebel* war vor Danners Vortrag im Seminarraum eingeschlafen und hatte daher nicht den Raum gewechselt.

Die gemeinsame Nacht war aber der Hammer. Beide betraten am nächsten Morgen mit diskreter Zeitverzögerung den Frühstücksraum. Aumanns Kernteam - Gregoric, Hauser und Leiner - hatte sich bereits eingefunden. An ihren Blicken merkte Berger jedoch, dass diese nur bedingt aufnahmefähig waren. Meine Güte, was hatten die am Vorabend wieder gesoffen!

Wirklich munter wirkte eigentlich nur Aumann. Leider war der aber auch stinkwütend, und Berger konnte sich vorstellen, worum es ging. Die Messeausbeute an *Leads* war eine einzige Katastrophe, und Aumann würde für das Desaster gewiss noch während des Frühstücks deutliche und doch unendlich langweilige Worte finden. Doch irrte sich Berger gewaltig. An diesem Morgen ging es um etwas völlig anderes.

„Wissen Sie, Berger", echauffierte sich Aumann, „was mir heute Nacht in dieser Pseudopyramide passiert ist!!?"

Berger und Danner schüttelten den Kopf.

„Irgendein Blödmann hat mir vom zweiten Stock aus auf den Balkon gekotzt – genau auf meinen 2.000 Euro-Anzug. Den hab ich nämlich zum Lüften auf den Balkon gehängt, was bei dieser Affenhitze ohnehin sinnlos war! Wenn ich den Kerl erwische, kann ich für nichts garantieren, das schwöre ich!"

Berger schüttelte den Kopf.

„Das ist ja wirklich das Allerletzte", sagte er. Insgeheim fiel ihm ein Stein vom Herzen.

Weiteren Blickkontakt vermied er. Unbewusst fixierte er lediglich Aumanns Zimmerschlüssel, der vor ihm auf dem Tisch lag.

„123" war auf diesem eingraviert.

Das Frühstück fiel kurz aus. Berger entschuldigte sich beim *Head of Sales* damit, dass er dringend noch einige E-Mails abarbeiten müsse, und stieg in den Lift. Beim Öffnen seines Zimmers starrte Berger auf den Schlüssel.

„223" stand dort eingraviert.

Zwei Minuten später klopfte Danner an seine Tür. Ein kurzes Tête-à-tête würde sich gewiss ausgehen, hatten beide vor dem Frühstück übereinstimmend gemeint, und so verloren sie keine Zeit.

Weitere zwei Minuten später hatte es sich Danner auf Berger bereits gemütlich gemacht, und dieser konnte endlich ausspannen. Sein Gehirn lief dennoch auf Hochtouren.

„123, 223, 123, 223, pyramidenförmiges Hotel, Terrasse, 223 über 123" ging es ihm durch den Kopf, und gerade als er laut „What the F..." rufen wollte, öffnete sich die Balkontür und ein splitterfasernackter und kreidebleicher Immel stand vor dem *Head of Marketing* und dem *Head of Social Media, Diversity & Inclusion.*

„Mir ist so schlecht", sagte dieser und ging schnurstracks an Bergers Bett vorbei in dessen Badezimmer. Dort übergab er sich ein zweites Mal.

Dass es Immel gewesen war, der Aumanns 2.000 Euro-Anzug ruiniert hatte, erfuhr der *Head of Sales* glücklicherweise nicht. Von näheren Nachforschungen nahm dieser Abstand, und auch Berger lag wenig daran, Aumann über die Hintergründe des Malheurs aufzuklären. Relativ rasch stand lediglich fest, dass das Stubenmädchen versehentlich

Bergers Zimmertür offengelassen und der sturzbetrunkene Immel das falsche Hotelzimmer betreten hatte. Die unbeabsichtigte Ménage-à-trois war den Beteiligten so unangenehm, dass niemand ein Wort darüber verlor.

Manche Dinge bleiben besser ungesagt, und so verbuchte man den IT-Kongress in Frankfurt letztlich als zutiefst typische, nicht weiter erwähnenswerte Veranstaltung, die sich jedes Jahr mehrfach wiederholt. Jeder Kongress hat seinen Immel.

Anspieltipp:
Rubberneckin´
(Paul Oakenfold Remix (2003))
Elvis Presley

Vertrauen ist gut, Kontrolle besser

Fassungslos starrte Jäger auf seinen Laptop. Doktor Rath, seines Zeichens CEO bei *Streng & Prüfer,* hatte ihm persönlich eine E-Mail geschrieben, die es in sich hatte.

Werter Kollege Jäger,

mit Erstaunen - und auch mit Unbehagen - ist mir gestern Ihre abschließende Beurteilung zur Causa DigITellers AG Deutschland zu Ohren gekommen.

Gerne würde ich Ihnen schreiben, dass Sie Ihr Misstrauen einem unserer wichtigsten Kunden gegenüber ehrt. Angesichts der Tatsache, dass Streng & Prüfer bereits seit sechs Jahren mit der Bilanzprüfung dieses Vorzeigeunternehmens betraut ist und dessen Bilanz stets makellos war, muss ich Sie aber fragen: Was haben Sie sich bei Ihrer Beurteilung eigentlich gedacht?!

Ich bitte Sie, nächstes Mal folgenden Sachverhalt zu berücksichtigen, bevor Sie ihren Prüfungsleiter, Ihren Mandatsleiter und letztlich auch mich in die Bredouille bringen: Die Einnahmen, die unsere werten Consultingkollegen letztes Jahr mit der DigITellers AG Deutschland erwirtschaftet haben, betragen neunundvierzig Prozent des Jahresgesamtumsatzes! Glauben Sie tatsächlich, dass die Wirtschaftsprüfung von Streng & Prüfer die Grundlage unseres Unternehmenserfolgs ist? Mitnichten! Zu prüfen ist ein ehrenwertes Geschäft, zu beraten ist aber wesentlich lukrativer. Das sind nun mal die Fakten. Dass ein blutjunger Absolvent wie Sie angebliche ‚Unregelmäßigkeiten in der Bilanz‘ zu finden glaubt, ist daher eine unverfrorene Unterstellung!

Arbeiten Sie sich erst einmal zwei bis drei Jahre in unserem Unternehmen ein und lernen Sie die Gepflogenheiten unserer Branche kennen. Beweisen Sie sich als Prüfer, dann als Prüfungsleiter und dann als Mandatsleiter! Dann – aber nur dann - steht es Ihnen vielleicht zu, solche Anschuldigungen zu erheben!

Mit der Bitte um Kenntnisnahme

Dr. Friedrich Rath
CEO Streng & Prüfer

In zwei Punkten hatte Rath recht. Die Jahresbilanzen der DigITellers AG waren in den letzten fünf Jahren tatsächlich blütenweiß gewesen. Thomas Mild - Jägers Vorgänger - hatte diese stets abgenickt, ohne groß nachzufragen. Nachdem dieser aber an Jäger übergeben hatte, wurde es weit weniger kommod für die DigITellers. Der ambitionierte Wirtschaftsprüfer in spe wurde seinem Ruf, ein Pedant zu sein, gleich bei seinem ersten Einsatz gerecht. Hunderte Stunden steckte er in die Abschlussprüfung der DigITellers AG Deutschland, vergrub sich tage- und nächtelang in die Akten und schlug bei dem, was er sah, allzu bald die Hände über dem Kopf zusammen. Jäger war ein echter *Monk* – ein Spürhund, der Sherlock Holmes um nichts nachstand. Wirklich freuen konnte sich sein Vorgesetzter über das, was sein Neuzugang fand, dennoch nicht. Nach der abgeschlossenen Bilanzprüfung hatte Jäger seinem Chef ganze zehn (!) grobe Unregelmäßigkeiten gemeldet. Vom Prüfungsleiter war die Causa zum Mandatsleiter gegangen, und angesichts der Wichtigkeit des Kunden hatte letztlich sogar Rath davon erfahren. Der CEO war *„not amused"*. Jäger hatte nämlich peinlich genau festgehalten, dass

a)   die tatsächlichen Geldflüsse mit den Bilanzpositionen der DigITellers so viel zu tun hatten wie Winnetou mit Nordamerikas Ureinwohnern.

b) die ausgewiesenen Hightech-Firmenzukäufe in Malaysia, Indien und Bangladesch laut Homepage Waschsalons, Handyshops und Massagesalons waren und

c) das stolze Bargeldvermögen von 190 Millionen Euro auf nicht näher verifizierbaren Treuhandkonten geparkt war, hinter denen keine identifizierbare Bank stand.

Das Ganze stank von vorne bis hinten, aber was sollte Jäger tun? Die Bilanzprüfung bei den „DigITellers" war sein allererster Einsatz, und sein unmittelbarer Prüfungsleiter, Doktor Blum, hatte von Beginn an mit permanenter Abwesenheit geglänzt.

„Sie machen das schon, Jäger", hatte er bereits nach dem zweiten Arbeitstag zu ihm gesagt und ihm geraten, es bei allem Eifer und aller Genauigkeit doch nicht zu übertreiben.

„Stellen Sie sich die Wirtschaftsprüfung als Eintrittskarte in das wirkliche *Big Business* vor. Natürlich machen wir unseren Job ordentlich. Wir prüfen hier, wir prüfen da. WOMIT die DigITellers aber ihr Geld machen, ist nicht unsere Baustelle. Das schauen sich die Folienfanatiker aus dem Consultingbereich genauer an", war Blums kryptischer Ratschlag an Jäger gewesen, bevor er sich aus der Affäre zog.

Jäger teilte die kulante Art seines Vorgesetzten nicht. Hunderte Stunden vertiefte er sich in die Bilanzunterlagen, die ihm (nicht) zur Verfügung gestellt worden waren und stellte staunend fest, dass die Buchhaltung der DigiTellers bisweilen einem Schweigekloster glich.

„Wenn Sie weiterhin so lästig sind, bekommen Sie gar nichts mehr von mir!", hatte ihm die rechte Hand des *CFO* eines Tages gesagt und Jäger in das kleinste und dunkelste Kämmerchen der Firma verbannt. Doch auch das ließ diesen kalt. Sein erstes internes Gutachten fiel wie folgt aus:

Sehr geehrter Dr. Blum,

auf Basis der mir vorliegenden Informationen bedauere ich Ihnen schreiben zu müssen, dass ich für die Jahres- und Konzernbilanz einen eingeschränkten Bestätigungsvermerk empfehlen würde. Viele Unterlagen wurden mir trotz wiederholter Aufforderung nicht übermittelt, und ich liste diese taxativ im Anhang auf. Noch immer hoffe ich, dass der Vorstand der DigiTellers Vernunft annimmt und uns die fehlenden Informationen zukommen lässt.

Hochachtungsvoll
Julius Jäger

Blum gefiel Jägers desaströse Beurteilung gar nicht. Da dieser aber partout nicht einlenken wollte, wurde letztlich sogar Rath auf die Causa aufmerksam. Dieser wandte sich (wie bereits bekannt) direkt an den übermotivierten, pedantischen Bilanzprüfer, und endlich wurde diesem klar, dass der Ausdruck „Bilanzwahrheit" höchst unterschiedlich interpretiert werden kann.

Jäger formulierte daher seine interne Stellungnahme um und betonte, dass er die DigITellers nach „besten Wissen und Gewissen" geprüft hätte und er „die weitere Bearbeitung vertrauensvoll in die Hände seines Vorgesetzten lege". Blums Reaktion überraschte ihn. Dieser antwortete lediglich mit „Danke für die Freigabe".
Damit war die Causa abgeschlossen.
Jäger hatte seine erste Bilanzprüfung „erfolgreich" absolviert. Der Vorstandsvorsitzende der DigITellers, Doktor Freudensprung, informierte die Presse über ein weiteres fulminantes Jahr, und die Consulting-Kollegen von *Streng & Prüfer* freuten sich, dem Vorzeigeunternehmen DigITellers auch im neuen Jahr mit Rat und Tat zur Seite zu stehen. Auch auf der *CEO*-Ebene war die Stimmung ausgezeichnet. Bei einem Nobeldinner, das zwei Tage nach der Pressekonferenz bei ausgelassener Stimmung stattfand, prosteten sich Rath und Freudensprung mit einem *„Leben und leben lassen"* freudig zu. Nach dem ausgewiesenen Umsatzplus von dreißig Prozent erfreute sich die Aktie der DigITellers außerdem höchster Beliebtheit.

Dann folgte Jägers zweites Jahr als ambitionierter Bilanzprüfer. Die Aufregung um seinen ersten Auftrag legte sich, und er stellte zu seiner Erleichterung fest, dass nicht jedes

Unternehmen so unkooperativ war wie die DigITellers. Ruhig arbeitete er einen Auftrag nach dem anderen ab. Seine Kollegen erstellten gleichzeitig zu Tageshöchstsätzen wunderschöne Präsentationen zum Thema *„Digitale Transformationsberatung"* sowie *„Cryptocurrency-Portale"*. *Streng & Prüfer* machte mit den DigITellers jetzt noch mehr Umsatz als im Jahr zuvor. Jäger tangierte das nun aber peripher. Erleichtert, dass die Prüfungsaufträge nach den *DigI-Tellers* weit weniger nervenaufreibend waren, hielt er sich an das Sprichwort „Reden ist Silber, Schweigen ist Gold".

Im Sommer war ihm dann endlich auch privat das Glück hold. Jäger verliebte sich erstmals in seinem Leben unsterblich. Julia hieß seine Angebetete, und Jäger war überzeugt, dass sie die schönste und klügste Investmentbankerin der Welt war. Stundenlang sprachen die beiden Turteltäubchen über den Finanzmarkt, Anlagestrategien und Bilanzdetails. Jägers Liebeshimmel hing voller Geigen. Doch damit nicht genug: Nach seinem holprigen Einstieg bei *Streng & Prüfer* hatte sich Jäger einen exzellenten Ruf erarbeitet, und er war überzeugt, nach zwei verpflichtenden Berufsjahren schon im dritten zum Wirtschaftsprüferexamen antreten zu können. Alles entwickelte sich hervorragend, und selbst als Jäger erfuhr, auch dieses Jahr die Konzernbilanz der DigITellers prüfen zu müssen, änderte sich an seinem Stimmungshoch nichts. Blum hatte Jäger seinen „jugendlichen Übereifer" beim ersten Prüfungsauftrag zudem längst verziehen.

„Jäger, selbstverständlich stehe ich Ihnen auch dieses Jahr mit Rat und Tat zur Seite", meinte dieser im November, „ich bin aber sicher, dass Sie das Kind allein schaukeln werden. Nicht vergessen: Mit der Prüfung werden wir nicht reich. Das wird *Streng & Prüfer* mit den Folienweltmeistern – den Consultingkollegen. Machen Sie einfach Ihren Job, und drücken Sie auch mal ein Auge zu. Wenn Sie nächstes Jahr das Wirtschaftsprüferexamen bestehen, können Sie Ihre eigenen Testate verfassen. Dann werden Sie Partner und haben es geschafft. Dann sind Sie einer von uns!"

Jäger nickte. Der Prüfauftrag im Jahr zuvor war für ihn ein Horroreinstieg in die Berufswelt gewesen. Insofern hoffte er insgeheim, dass ihn vielleicht doch Unerfahrenheit in Kombination mit akademischer Verblendung aufs Glatteis geführt hatte. Vielleicht hatte er sich bei dem einen oder anderen Bilanzdetail doch geirrt. Vielleicht würden die DigiTellers dieses Jahr ja kooperieren.

Leider war es aber keine akademische Verblendung, und leider kooperierten die DigiTellers auch im zweiten Jahr nicht. Bereits der erste Anruf Jägers bei der Buchhaltung der „DigiTellers AG Deutschland" verhieß nichts Gutes. Dieselbe Kollegin wie im letzten Jahr stellte sich als seine Ansprechpartnerin vor, und dieselbe Kollegin verbannte ihn sehr bald in ein noch kleineres Kämmerchen als zwölf

Monate zuvor. Jäger hatte nichts dazugelernt. Wie ein Kettenhund heftete er sich erneut an die Fersen des *CFO* und dessen Kollegen, forderte hunderte Dokumente ein und hoffte doch auf eine bessere Kooperation. Leider stellte sich diese nicht ein. Unfreundlich – rein, katastrophal unfreundlich – begegnete man ihm im Office der DigITellers, und als Jäger fünf Wochen später seinen internen Abschlussbericht verfasst hatte, stand in diesem zu lesen, dass

a) die Bilanzpositionen auch dieses Jahr imposant waren, mit den vorliegenden Belegen aber erneut wenig zu tun hatten

b) die ausgewiesenen Hightech-Firmenzukäufe nun auch Myanmar, Bali und Indonesien umfassten, es sich laut Homepage aber nach wie vor um Waschsalons, Handyshops und Massagesalons handelte

c) das Bargeldvermögen nun sogar 270 Millionen Euro betrug, es aber weiterhin auf Treuhandkontos geparkt war, deren Existenz nur eine einzige E-Mail-Adresse mit dem Namen *„dontworrybehappy@gmail.com"* belegte.

Magenschmerzen, furchtbare Magenschmerzen plagten Jäger in der letzten Bilanzprüfungswoche, und sehr lange überlegte er, ob er Mandatsleiter Blum seine abschließende Analyse schicken sollte. Die Reaktion im letzten Jahr war alles andere als ermutigend gewesen, und seiner Popularität in der Firma hatte er damit einen Bärendienst erwiesen. Trotzdem schickte er seinem Vorgesetzten auch diesmal eine unverblümte, kristallklare Analyse. Erneut tat er sich damit keinen Gefallen. Blums umgehender Rückruf sprach eine eindeutige Sprache.

„Ich sage es Ihnen zum letzten Mal", begann dieser. „Wenn wir die DigITellers als Kunden verlieren, können wir einpacken! Wollen Sie den Kollegen aus der Beratung tatsächlich verklickern, dass sie Ihretwegen bald arbeitslos sind?! Also ICH schicke so ein Testat nicht weg! Wenn Sie Ihre Karriere ruinieren wollen, dann nur zu! Aber dann unter Ihrem eigenen Namen und mit ihrer eigenen Unterschrift, verstanden? Wenn Sie im nächsten Jahr Ihr Examen ablegen, können Sie ja gerne Prüfungs-Harakiri machen. Aber lassen Sie mich da aus dem Spiel, verstanden?"

Jäger wurde weiß wie die Wand.

„Aber ich dachte, dass es unsere Pflicht ist…"

„Mein Gott - Leben Sie noch immer hinter dem Mond? Wenn Sie einen Kreuzzug für die Wahrheit führen wollen, dann werden Sie Lynchjournalist, Priester oder… was weiß denn ich! Schicken Sie mir jedenfalls eine überarbeitete Stellungnahme. Wenn Rath Ihre E-Mail sieht, schmeißt er nicht nur Sie raus, sondern auch mich. Also zack-zack!"

So endete auch der zweite Prüfungsauftrag Jägers bei den DigITellers mit einer versöhnlichen, unverbindlichen internen E-Mail. Mit der bewährten Tastenkombination „Strg C / Strg V" kopierte Jäger schweren Herzens den Text vom letzten Jahr und schickte ihn Blum.

Sehr geehrter Herr Dr. Blum,
nach erfolgter Bilanzprüfung bei der Firma „DigITellers AG"
bestätige ich, nach „bestem Wissen und Gewissen" geprüft
zu haben und lege die weitere Bearbeitung vertrauensvoll
in Ihre Hände.

Hochachtungsvoll
Julius Jäger

Die E-Mail sagte – wie bereits im letzten Jahr - rein gar nichts aus. Trotzdem erhielt er von Blum umgehend eine Antwort.

„Danke für die Freigabe", schrieb dieser wie schon im Jahr zuvor.

„*Welche Freigabe?*", dachte sich Jäger, beließ es dabei aber, weil er ohnehin beschlossen hatte, diese DigITellers nie wieder zu prüfen. Nie würde er selbst für eine solche Bilanz ein Testat abgeben, schwor er sich. Kündigen war aber auch keine Option, weil bereits im nächsten Jahr das Wirtschaftsprüferexamen anstand und er unbedingt Partner werden wollte. In einer Sache hatte Blum völlig recht: Als Wirtschaftsprüfer hätte er es endgültig geschafft und würde in einer völlig anderen Liga spielen. Keine einfache Situation!

So änderte sich auch bei Jägers zweiter DigITellers-Prüfung wenig. Der Kunde kam mit einem blauen Auge davon. Im März gab Freudensprung - wie schon im Jahr zuvor - eine externe Pressekonferenz. Bei dieser gab er eine weitere fulminante Umsatzsteigerung gegenüber dem Vorjahr bekannt. Die Expansion in Asien hatte sich erneut bezahlt gemacht. Schier unendlich war das Potenzial in diesem Wachstumsmarkt, verkündete er zufrieden, und alle Journalisten schrieben begeistert mit. Noch am selben Tag investierten tausende Anleger in den Shootingstar des deutschen Aktienmarkts. Wieder legte die DigITellers-Aktie einen Kurssprung hin, der es in sich hatte.

Wirklich wohl fühlte sich Jäger nach Freudensprungs Pressekonferenz nicht. Letztlich war aber alles gutgegangen. Mit großen Schritten näherte er sich seinem Wirtschaftsprüferexamen, Rath hatte von seiner E-Mail nichts erfahren, Blum war versöhnt, die Consultants feilten bereits an neuen Folien, und die Aktie der DigITellers ging erneut durch die Decke. Alle waren zufrieden. Auch konnte Jäger mit seiner Julia endlich den Frühling genießen und zärtliche Gespräche über Bilanzierungsdetails, Kennzahlen und Wertpapiergeschäfte führen. Und genau diese sollten im Jahr darauf eine große Rolle spielen….

„Schatz, ich schwör es dir", begann Jäger eines schönen Tages und eröffnete ein Gespräch, das so manches nachhaltig veränderte.

„Das Ganze geht nicht mehr lange gut. Dieser Freudensprung und seine Asienaktivitäten sind so seriös wie ein Geldeintreiberinstitut in Sibirien. Das scheint bei *Streng & Prüfer* aber jedem egal zu sein", weinte sich Jäger bei seiner Holden aus.

„Aber was ist dann deine Funktion?", fragte diese.

„Naja, theoretisch prüfen - praktisch absegnen."

„Also so wie ein Priester?"

„Ja, so ähnlich – ich erteile den sündigen DigiTellers die Absolution", sagte Jäger halblustig.

Julia schwieg.

„Sagt dir der Begriff „Leerverkäufe" oder „Shortselling" etwas?", fragte sie schließlich.

„Was?"

„Leerverkäufe – Bei solchen wettet man auf sinkende Kurse. Das kann eine riesige Hebelwirkung haben. Je schlimmer jemand in die Pleite schlittert, desto reicher wirst du!"

„Sehr witzig! Ich kann doch nicht prüfen und bestätigen, dass alles paletti ist und gleichzeitig auf den Untergang desselben Unternehmens setzen."

„Hmm, ja, das gibt ein schlechtes Bild ab. Allerdings bestätigst du eben NICHT, dass alles paletti ist. Du sagst einfach, was Sache ist!"

„Das heißt, ich bin ehrlich?"

„Du bist einfach ehrlich!"

Aber das ist ja das Letzte, was die wollen!"

„Tja. Aber hast du nicht gesagt, dass im Herbst dein Wirtschaftsprüferexamen ansteht und du dann selbst prüfen kannst? Übernimm doch ein letztes Mal diese Chaostruppe!"

„Nochmals - ich kann unmöglich prüfen und gleichzeitig shortsellen!"

„Natürlich kannst nicht DU *shortsellen* - aber ICH kann es tun! Dass dieses Gespräch unter uns bleibt und dass wir uns niemals darüber schriftlich austauschen, muss ich wohl nicht betonen."

Jäger überlegte.

„Nein, das brauchst du nicht", antwortete er schließlich.

„Dann ist ja alles klar", sagte Julia, die Investmentbankerin.

Jäger bestand tatsächlich noch im selben Jahr das Examen zum Wirtschaftsprüfer. Unmittelbar darauf wurde er Partner bei *Streng & Prüfer* und erhielt die Befugnis, selbst Testate zu verfassen. Mit sofortiger Wirkung entschied er als hochangesehener Prüfer selbst über „Sein oder Nichtsein" seiner Klienten. Jäger hatte es geschafft. Auch stand bald fest, dass er die DigITellers in diesem Jahr erneut beehren würde.

Um diese stand es zu jener Zeit überraschenderweise nicht so gut. Erstmals hatten Experten öffentlich Zweifel an

Freudensprungs Expansion in Asien angemeldet, und so wollte Blum die heiße Kartoffel „DigiTellers" so rasch wie möglich loswerden. Im November schrieb dieser Jäger die folgende E-Mail:

Lieber Kollege Jäger,
Sie können sich nicht vorstellen, wie sehr ich mich für Sie freue. Dieses Jahr werden Sie erstmals selbst ein Testat für die DigiTellers AG Deutschland ausstellen. Sie haben es sich verdient. Ich beglückwünsche Sie herzlich.

Hochachtungsvoll
Rainer Blum

Jäger ärgerte sich grün und blau, als er Blums E-Mail las. Dennoch blieb er gefasst, als er diesen in seinem Büro aufsuchte.

„Mit größtmöglicher Umsicht werde ich versuchen, in Ihre Fußstapfen zu treten. Gestatten Sie mir vorab nur folgende Bemerkung: Es sind große – sehr große!"
Blum seufzte.

„Sie sind zu gut zu mir, lieber Kollege. *Streng & Prüfer* kann sich glücklich schätzen, Sie an Bord zu haben. Bei Ihnen sind die DigiTellers in guten Händen."
Jäger nickte und ärgerte sich erneut grün und blau. Dennoch blieb er bewundernswert ruhig.

Noch im selben Monat erreichte den ambitionierten Neo-Wirtschaftsprüfer der offizielle Auftrag, das dritte Jahr in Folge die Konzernbilanz der DigITellers zu prüfen. Erstmals durfte er alleine entscheiden, ob die Jahres- und Konzernbilanz seines „Lieblingskunden" ordnungsgemäß war oder eben nicht. Erstmals war es an ihm, einen uneingeschränkten oder einen eingeschränkten Bestätigungsvermerk zu vergeben. Jäger sagte zu, tauschte sich zum Thema *Shortselling* im Vorfeld aber sehr intensiv mit Julia aus. Sein Wissen in diesem Spezialgebiet stand mittlerweile dem seiner Freundin in keinster Weise nach.

Dann kam der Januar. Jäger meldete sich in seiner neuen Funktion als *Mandatsprüfer* bei den DigITellers zurück, und erneut ließ ihn die rechte Hand des CFO spüren, dass man ihn nicht vermisst hatte. Zwar wagte man es nun nicht mehr, den Zahlenfetischisten in ein dunkles Kämmerchen zu verbannen, erneut beantwortete man aber seine Nachfragen mit eisigem Schweigen. Auch in seinem dritten Jahr ließ sich Jäger aber nicht ins Bockshorn jagen. Erneut hielt er bei seinem Lieblingskunden abenteuerliche Finanzströme, spannende Treuhandkontos und höchst innovative Firmenkonstruktionen in Asien fest. Man expandierte auch in diesem Jahr fleißig.

Kurzer Exkurs:

Wirtschaftsprüfer und Journalisten pflegen für gewöhnlich kein enges Verhältnis zueinander. So wie jeder Arzt der ärztlichen Schweigepflicht unterliegt, so ist jeder Wirtschaftsprüfer verpflichtet, kein Wort über Prüfungsinterna zu verlieren. Ein Wirtschaftsprüfer, der sich gleichzeitig als „Whistleblower" betätigt, ist ein Widerspruch in sich.

Jäger war in dieser Hinsicht allerdings eine Ausnahme. Drei Marillenschnaps gönnte sich der sonst so abstinente Zahlenliebhaber, bevor er der Presse eines Abends anonym brisantes Material zukommen ließ. Verum, seines Zeichens anerkannter Enthüllungsjournalist, staunte jedenfalls nicht schlecht, als er eines Vormittags einem weißen Briefumschlag zehn Fotos fernöstlicher Handyshops, Massagesalons und Waschsalons entnahm. Sonderlich einladend wirkte kein Unternehmen, doch waren die Zahlen auf den Fotorückseiten höchst imposant. Rasch erkannte Verum, dass diese offensichtlich den Wert der abgebildeten Unternehmen darstellten. So stand beispielsweise auf der Rückseite des Fotos eines Hinterhof-Massagesalons „15.000.000 Euro". Auf dem Foto eines Handyshops war ein Wert von 25.000.000 Euro angegeben, und das Foto eines Waschsalons war mit der Notiz „30.000.000 Euro" versehen. Der Gesamtwert der abgebildeten „Vorzeigeunternehmen" betrug etwa 350 Millionen Euro. Den Fotos war zudem ein anonymer Brief beigefügt.

Sehr geehrter Herr Verum,

möglicherweise interessiert Sie der Umstand, dass diese Prachtunternehmen die beeindruckende Asienexpansion der DigITellers möglichgemacht haben. Es ist schön zu wissen, dass in Kambodscha oder Myanmar Waschsalons wie „DisruptIT" oder Massagesalons wie „Global Transformer" der digitalen Transformation Deutschlands auf die Sprünge helfen.

Viel Freude und Erfolg bei Ihrer weiteren Recherche.

Ein Freund

Dann wartete Jäger ab. Die Prüfungstätigkeit bei den DigI-Tellers erledigte er äußerst akkurat. Anschließend verabschiedete er sich freundlich beim CFO und verließ das Büro seines Lieblingsklienten. Nur drei Tage später ging es los. Die *Frankfurter News* berichteten als erstes Medium über Probleme des deutschen Vorzeigeunternehmens. Erstmals wurde in den Raum gestellt, dass die in Asien zugekauften Unternehmen möglicherweise nicht dem angegebenen Bilanzwert entsprachen und die Konzernbilanz der letzten Jahre fehlerhaft gewesen sein könnte. Ein Skandal lag in der Luft, und selbstverständlich schmeckte das den DigITellers nicht. Von Lug und Trug, von böswilligen Unterstellungen sprach *CEO* Freudensprung und drohte den *Frankfurter News*, gerichtlich gegen die infamen Lügen vorzugehen. Der Artikel hatte ein veritables Erdbeben ausgelöst. Die

Frankfurter Börse spielte verrückt, und der Aktienpreis, der sich eine Woche zuvor noch in der Stratosphäre befunden hatte, legte einen Sinkflug hin, den nicht einmal Freudensprungs Privatjet hinbekommen hätte. Die meisten Aktionäre fanden die DigiTellers-Aktie plötzlich so attraktiv wie Quasimodo mit Beulenpest.

Jägers Freundin Julia hatte gegen diese erste Kurskorrektur wenig einzuwenden. Als versierte Leerverkäuferin pries sie regelmäßig die „reinigende Kraft des Marktes" und verdiente sich an dem im freien Fall befindlichen DigiTellers-Aktienkurs ein anständiges Körbchengeld. Finanzderivate sind eine wunderbare Sache, wenn man den Lauf der Dinge bereits vorher kennt.

Einige Wochen später kam dann der Gnadenschuss. Noch während die deutsche Finanzaufsicht gegen die negative Berichterstattung und die Leerverkäufe der Zocker wetterte, arbeitete Jäger ruhig an seinem abschließenden Testat. Weder Rath noch Blum mischten sich in diesem dritten Jahr inhaltlich ein. Sie wiesen lediglich darauf hin, dass Jäger ein inhaltlich korrektes Testat abzugeben habe. Dieser kommentierte solche Hinweise stoisch, und auch der Kontakt zu Julia ging in jener kritischen Zeit gegen null.

„Keine Gespräche, keine Telefonate, getrennte Wohnungen" war die Devise, und Julia hielt sich eisern an diese strenge, aber höchst profitable Auflage. Die beim ersten

Kursrutsch verdienten 150.000 Euro hatten ihr eine gute Basis für weitere Leerkäufe beschert, und bei der zweiten Wette auf fallende Kurse ging es Jägers Freundin bereits sportlicher an. Dass Jäger einen uneingeschränkten Prüfungsvermerk verweigern würde, war längst gewiss. Zu den Massagesalons und Handyshops waren mittlerweile Imbissbuden und Teesalons hinzugekommen, deren technologisches Disruptionspotenzial Jäger jedoch ebenfalls als gering einschätzte. Sein erster selbstverfasster, offizieller Prüfungsvermerk las sich daher wie folgt:

Sehr geehrter Herr Dr. Freudensprung,
als verantwortlicher Wirtschaftsprüfer bedauere ich Ihnen mitteilen zu müssen, dass ich der Firma „DigITellers AG Deutschland" für das heurige Bilanzjahr keinen uneingeschränkten Prüfungsvermerk erteilen kann.
Bezugnehmend auf Artikel... bin ich im Gegenteil sogar dazu verpflichtet, die im Zuge der Bilanzprüfung gefundenen Informationen an die Staatsanwaltschaft weiterzuleiten.

Hochachtungsvoll
Julius Jäger

Jägers Schreiben verfehlte seine Wirkung nicht. Fast zeitgleich veröffentlichte Verum weitere Details über das zweifelhafte Geschäftsgebaren der DigITellers, und noch bevor

Freudensprung zum abgelehnten Prüfungsvermerk vor der Presse Stellung beziehen konnte, galt es als abgemacht, dass Julia mit ihrer zweiten Kurswette den Jackpot geknackt hatte. Die Aktie der DigITellers legte einen Sinkflug hin, der seinesgleichen suchte. Aus Julias 150.000 Euro wurden in wenigen Stunden mehr als eine Million, und mit dem hart verdienten Geld kaufte Jägers Freundin ein echtes Traumhaus.

Der Kanzlei *Streng & Prüfer* blieb Jäger noch sechs Monate erhalten. Sein „Nein" hatte ihm in der oft gescholtenen Wirtschaftsprüfungs-Branche Respekt verschafft, und sogar Dr. Rath und die Folienweltmeister aus der Consultingabteilung hatten plötzlich nichts gegen das unpopuläre Testat Jägers einzuwenden. Manchmal muss man auch bei guten Kunden klare Worte finden, befand man nun. Freudensprung beharrte nach seiner Inhaftierung hartnäckig darauf, selbst Opfer eines Betrugs zu sein. Auch setzte sich die ganze Branche einen ganzen langen Frühling für eine striktere Trennung zwischen Beratung und Wirtschaftsprüfung ein. Öffentlichkeitswirksam verkündete auch Doktor Rath von *Streng & Prüfer* eine solche Trennung. Nur zwei Tage nach der Pressekonferenz wurde Jäger und seinen Kollegen aufgetragen, ihre Sachen zu packen und vom dritten Stock in den zweiten zu ziehen. Die Folienweltmeister blieben im dritten Stock. Nur die Cafeteria im ersten Stock blieb weiterhin allen Mitarbeitern von *Streng & Prüfer* zugänglich. Ein wenig *Socializing* wollte man den ehemaligen Kolleginnen und Kollegen doch nicht ganz verwehren.

Am Verhältnis zwischen Jäger und Julia änderte sich äußerlich sehr wenig. Seine Freundin engagiert sich auch heute noch mit Leerverkäufen für eine bessere Welt. Jäger arbeitet längst nicht mehr bei *Streng & Prüfer*. Als mittlerweile hochdekorierter Finanzbeamter lässt er Julia aber gerne hin und wieder wertvolle Tipps für Leerverkäufe zukommen.

 Anspieltipp:
Winning ugly (1986)
Rolling Stones

Alles für den Klimaschutz

„Kannst du deiner Tochter klarmachen, dass Geld nicht auf Bäumen wächst? Was glaubt die eigentlich?!"

Klauser war stinkwütend. Lara hatte ihn am Abend zuvor förmlich angefleht, ihr doch das neue iPhone zu kaufen. Eine viel bessere Kamera als das Vorgängermodell hatte es angeblich, und die Fotofilter waren speziell für Social Media-Postings optimiert worden. Es sei bestimmt das letzte Mal, hatte sie gemeint. Für dieses Handy – mit Sicherheit das beste aller Zeiten - wären tausend Euro eigentlich ein Schnäppchen.

„Sag nicht immer ‚deine Tochter'. Es ist genauso deine Tochter. Außerdem solltest du stolz auf sie sein. Sie setzt sich zumindest für das Klima ein!", antwortete seine Frau Monika gereizt und knallte ihm eine Schüssel Cornflakes mit reduziertem Kohlenhycratanteil, dafür erhöhtem Proteinwert, auf den Frühstückstisch.

„Ein Grund mehr, sich nicht jedes Jahr ein neues Handy zu wünschen! Wer hat ihr den Blödsinn in den Kopf gesetzt? Wieder der Basti, oder?"

„Ja, der Basti! Der tut nämlich was fürs Klima! Er gehört genauso zur *Letzten Generation* wie die Lara. Wie sollen sie sich denn Gehör verschaffen, wenn sie mit Steinzeitkameras durch die Gegend laufen und nicht mal Fotos retuschieren können?"

„Die Lara ist jetzt auch bei dieser Verbrecherbande? Ich schwöre dir - wenn ich heute Abend nach Hause komme, mach ich ihr unmissverständlich klar, dass ..."

„Was?", unterbrach ihn Monika. „Lass mich raten, was du ihr sagen willst? Vielleicht, dass du zwar für einen maßvollen Umgang mit unseren Ressourcen eintrittst, den apokalyptischen Weltuntergangston aber ablehnst. Und dann wirst du ihr sagen, dass du gerne bereit bist, dir die Anliegen der Klimaschützer anzuhören, aber nicht akzeptieren kannst, dass sie mit ihren Festklebeaktionen den öffentlichen Verkehr zum Stillstand bringen, richtig?"

„Ja, so ungefähr!", sagte Klauser erstaunt. „Warum weißt du das?"

„Weil ich nicht hinter dem Mond lebe und weil wir eben nur die vorletzte Generation sind - Lara ist aber die letzte!", antwortete Monika herausfordernd.

Klauser seufzte.

„Wie auch immer – ich muss ins Büro. Gruber hat ein Sondermeeting einberufen. Die haben unseren deutschen CEO, diesen Freudensprung, gestern tatsächlich hoppgenommen, und in Grubers letzter E-Mail stand ganze sieben Mal das Wort ‚Neustart'. Mit dem Datacenter in Deutschland soll auch etwas nicht stimmen. Eine Katastrophe! Heute müssen jedenfalls alle antanzen – Aumann, die Danner, Eibl, Schwarz, Berger und auch der Münzer. Dann kann ich mir wieder seine stinklangweiligen *EBIT*-Zahlen anhören. Das ist schlimmer als der Schwarz mit seinen ewigen Beschwerden!"

Dreißig Minuten später fuhr Klauser mit seinem Tesla in die Tiefgarage der DigITellers. Die vier Kilometer von zu Hause waren ein Horror gewesen. Mindestens zwanzig *Letzte Generation*-Jünger hatten die Hauptzufahrtsstraße zum Firmengelände blockiert und mit Fahnen und Kuhglocken gegen das Klimapaket der Bundesregierung protestiert. Lächerlich! Dabei hatte Klauser bei der Fahrt in die Firma noch Glück gehabt. Die Klimaaktivisten hatten sich diesmal nicht auf die Straße geklebt und konnten ohne große Probleme von der Polizei abgeführt werden. Gott sei Dank! Die meisten Menschen hatten eben zu arbeiten und konnten es sich nicht leisten, den ganzen Tag irgendwo herumzukleben!

Als Klauser den angenehm klimatisierten Konferenzraum der DigITellers betrat, erwarteten ihn Gruber, Aumann, Schwarz und Münzer bereits.

„Es waren wieder diese Klimachaoten. Sie haben die Hauptstraße blockiert", begann Klauser.

„Setzen Sie sich einfach", unterbrach ihn Gruber.

„Um es kurz zu machen. Der Grund des heutigen Meetings ist NICHT die bedauerliche Festnahme unseres Teutonen-Chefs, sondern die Tatsache, dass wir dringend einen Neustart brauchen. So kann es nicht weitergehen! Wir brauchen eine Imagekorrektur – sonst glauben die Leute ja irgendwann mal, dass wir nicht seriös sind. Die Frage ist nur, wie wir das möglichst schnell hinbekommen. *Diversity & Inclusion* haben wir ja schon durch, *Equality* war auch nicht so der Brüller. Jedenfalls ist mir heute beim Frühstück eingefallen, dass bei der Umwelt noch viel drinnen ist! Haben Sie eigentlich gewusst, dass dieses CO_2 eine ganz schlimme Sache ist? Wir müssen mit dem Zeug aufhören und klimaneutral werden - und zwar *ASAP*! Natürlich geht das aber nur als Team. Münzer, wie viele Euro haben wir in der Bilanz für das CO_2 stehen?"

„Ich verstehe nicht ganz, Herr Gruber. Also seit 2014 ist es für die deutschen Kollegen verpflichtend, eine CO_2-Bilanz zu erstellen, weil die Niederlassung mehr als fünfhundert DigITellers beschäftigt. Bei uns wird nicht ganz so heiß gegessen wie gekocht – eigentlich wird gar nicht gekocht. Erst nächstes Jahr müssen börsennotierte Unternehmen einen

Nachhaltigkeitsbericht erstellen. Dieser beinhaltet sowohl qualitative, quantitative als auch zukunftsorientierte Informationen, wobei auch die Wertschöpfungskette…"

„Münzer, wollen Sie mich zu Tode langweilen? Um das geht´s doch gar nicht. Was ich sagen will: Wir müssen umwelttechnisch einen Zahn zulegen!"

„Berger, was machen wir da im Marketing?"

Berger überlegte.

„Naja, wir haben letztes Jahr unseren Kulis einen stärkeren Kiwi-Farbton verpasst. Und auf unserer Homepage findet man rechts oben jetzt ein „Granny-Smith-Apfel-GIF". Unter diesem steht ‚100% klimaneutral', und es dreht sich um die eigene Achse."

„Aber was ist die Message?", insistierte Gruber.

„Eben der grüne Gedanke. Frisch und klimaneutral schaut der Apfel aus", antwortete Berger souverän.

„Immerhin ein Anfang. Und der Vertrieb, Aumann? Ist unsere Software auch CO_2-neutral?", bohrte Gruber nach.

„Zu hundert Prozent, Herr Gruber. Bei der letzten *Digital Rebels*-Messe haben wir sogar einen ‚*Green IT For the Cloud'*-Award bekommen. Wir sind *ready*!"

Gruber wirkte nun entspannter.

„Gut, dann sind wir inhaltlich ja voll dabei. Was aber fehlt, ist ein *Sustainability*-Beauftragter. Und hier" – Gruber blickte nun erstmals zu Klauser – „kommen Sie ins Spiel!"

„Was, ich?", antwortete Klauser überrascht.

„Ja, Sie! Denken Sie doch nach! Jeder weiß, dass Sie Vegetarier sind. Sie fahren ein Elektroauto, und den letzten Betriebsausflug in den Lainzer Tiergarten haben auch Sie organisiert. Grün bis hinter die Ohren sind Sie!"

Klauser schluckte.

„Aber die Kompetenz? Ich meine, als *Head of Cloud Computing*…"

"…haben Sie sich längst Ihre Sporen verdient! Dieser *Green Cloud-Award* war doch praktisch Ihr Werk! Fast im Alleingang haben Sie uns in eine grüne Dimension gebombt. Ich bin stolz auf Sie! Gehen Sie nun die *Extrameile* und machen Sie die *Cloud* grüner als *Kermit,* den Frosch!"

„Aber die Details? Ich meine, die Erstellung so einer CO_2-Bilanz ist doch gar nicht so einfach…"

„Alles halb so wild", winkte Gruber ab. „Beim TÜV werden Sie in drei Tagen zum ,zertifizierten Nachhaltigkeitsmanager' ausgebildet. Meine Assistentin hat sie schon angemeldet."

Damit war die Sache erledigt. Klauser durfte sich ab sofort hochoffiziell *„Sustainability-Manager* der DigITellers Österreich" nennen. Dennoch hielt sich seine Begeisterung in Grenzen.

„Du kannst mir gratulieren", sagte er zu seiner Frau am selben Abend. „Ab sofort sprichst du mit dem neuen *Head of Sustainability* der DigITellers."

„Du bist was?", fragte diese.

„*Head of Sustainability*. Neben der *Cloud* kümmere ich mich jetzt auch um die Nachhaltigkeit."

„Ich wusste gar nicht, dass man bei Software auch Nachhaltigkeit braucht. Aber gratuliere! Vor allem Lara wird begeistert sein. Vielleicht verstehst du die Anliegen der *Last Generation* dann besser. Wird ja Zeit!"

„Erinnere mich nicht daran", antwortete Klauser.

Lara war an diesem Abend in Topform. In einem säuselnden Ton erklärte sie Klauser, dass er der beste Papa aller Zeiten wäre, sie ihn aber noch viel cooler fände, wenn er ihr das neue iPhone kaufe.

„Weißt du, wie viele *Likes* der Bast für seine ‚Stephansdom-Klebeaktion' bekommen hat?", fragte sie ihn.

„Was, der hat sich an den Stephansdom geklebt?!", entgegnete dieser.

Lara nickte.

„Sechzigtausend *Likes* waren es bis heute! Und die ignoranten Gegenprotestler konnten wir mit seinem iPhone-Filter rausschneiden. Das geht mit dem Vorgängermodell nicht, und darum muss ich es haben! Biiiitte, Papa!"

Klauser seufzte. Sechzigtausend *Likes* waren ungefähr zweitausendmal so viele wie sein letztes Posting zum Thema „Vorteile einer *Cloud*-Infrastruktur in den Bereichen *Security, Performance* und Skalierbarkeit". Seine dreißig *Likes* hatte er nur deshalb bekommen, weil Gruber und

Aumann den DigITellers Dampf gemacht hatten, den sehr technisch und eher spröde formulierten Beitrag zu liken. Nur einen Kommentar hatte es gegeben. Hauser hatte ein *Raketen-Icon* und daneben ein animiertes *Cool!* gepostet, was wiederum ein *Like* gebracht hatte. Zufrieden war er mit der Ausbeute trotzdem nicht.

„Also gut, Lara", meinte Klauser nach einer dreißigminütigen Dauerbeschallung schließlich genervt. „Du bekommst das Ding – aber nur, wenn du mir diese Filterfunktion zeigst!"

Lara war außer sich vor Freude.

„Du bist der beste Papa von allen", jubelte sie. „Was glaubst du, was für geile Fotos der Basti und ich bei unserem Asientrip damit machen werden!"

„Welcher Asientrip?", fragte Klauser.

„Na, DER Asientrip. Du weißt doch: Bastis Eltern haben uns die Reise zur Matura geschenkt. Sechs Wochen Rundreise: Indien - Sri Lanka – Malediven – Malaysia - Kambodscha - Thailand."

„Du fliegst?", fragte Klauser.

„Natürlich. Wie soll ich denn sonst nach Indien kommen?", antwortete Lara erstaunt.

„Ich meine, das ist doch schlecht für das Klima, oder?"

„Ja, schon. Aber irgendwann braucht auch der eifrigste Aktivist eine Klebepause. Das eine ist Job, das andere ist Freizeit."

„Kleben ist ein Job?"

„Natürlich. Glaubst du denn, dass das alles nur Spaß ist? Die Kleidung kannst du nachher wegschmeißen. Aber sechzigtausend *Likes* sind es wert."

„Also im Dezember 1984 in Hainburg war das noch ganz anders. Im Wald haben die Leute damals gegen die Rodung der Aulandschaft protestiert. Ich war damals noch zu jung. Aber unser Nachbar hat…"

„Wie viele *Likes* hat das damals gebracht?" unterbrach Lara ihren Vater.

„Es gab damals doch kein Internet – und schon gar kein Smartphone!"

„Aber warum haben es die Leute dann gemacht? Das muss doch total kalt gewesen sein im Dezember!"

„Ja, wahrscheinlich", seufzte er leise.

Die Ausbildung zum TÜV-geprüften „Nachhaltigkeitsmanager" absolvierte Klauser plangemäß in drei Tagen. Sein per E-Mail übermitteltes Diplom druckte er aus, rahmte es und hängte es im Großraumbüro direkt neben der Toilette auf. Ansonsten änderte sich an seinem Tätigkeitsbereich wenig. Seinen Job als *Cloud*-Beauftragter übte er genauso gewissenhaft aus wie die Monate zuvor. Als österreichischer *Head of Sustainability* blieb sein *Wirkungsgrad* allerdings beschränkt. Auch sein deutsches Pendant, Ulf Klein aus Frankfurt, übertrieb es bezüglich Nachhaltigkeit nicht zu sehr. Sein *Sustainability-Report* umfasste gerade einmal zwei Seiten, und Berger erklärte Klauser unverblümt, dass das Ding so interessant wäre wie ein umgefallener Reissack in China. Dieser ließ sich aber nicht einschüchtern und bestand darauf, dass der Report direkt unter dem „Granny Smith-Apfel"-GIF als *Sustainability-Milestone* positioniert wurde. Berger reagierte zunächst säuerlich, beugte sich aber schließlich Klausers grünen Zug zum Tor. Der *Head of Sustainability* hatte Flagge gezeigt.

Im Juli war Lara dann *ready* für Asien. Sämtliche iPhone-Fotofilterfunktionen beherrschte sie zu diesem Zeitpunkt bereits, und Klauser war außerdem so nett gewesen, seine Tochter und ihren Klebestar Basti mit dem Auto zum Wiener Flughafen zu bringen. Die Wochen vor der Reise waren hart gewesen. Lara und Basti hatten ganze acht Protestaktionen besucht. Ein weiteres Mal hatte sich der resolute junge Mann an den Stephansdom geklebt, diesmal aber zu seinem Entsetzen feststellen müssen, dass die Polizei davon kaum Notiz genommen hatte - der Stephansdom lag eben in einer autofreien Fußgängerzone. Alle anderen Protestaktionen, die sich auf den Naschmarkt, die Linke und Rechte Wienzeile, die Quellenstraße und die Linzerstraße konzentrierten, waren aber ein fulminanter Erfolg gewesen. Auf der Linzerstraße war man auf fast 80.000 *Likes* gekommen, und dank des Polizeigewahrsams, mit dem Bastis Protest am Naschmarkt geendet hatte, hatte man sogar die magische Grenze von 100.000 überschritten. Nun war Urlaub angesagt.

Sonntag war es, als Klauser die beiden tollkühnen Vertreter der *Last Generation* mit dem Auto zum Flughafen brachte. Lara war perfekt vorbereitet. Zwei Tage zuvor hatte sie sich wegen der extremen Luftfeuchtigkeit in Asien noch zwei modische, vegane Batik-Shirts gekauft, und Basti war mit seiner Sonnenbrille aus nachhaltigem und echtem Teakholz ebenfalls tadellos ausgerüstet. Dennoch war den beiden am besagten Tag das Glück nicht hold, was einzig und allein am Verkehr lag. Auf der Schnellstraße Richtung Flughafen hatte Klauser noch das Gefühl gehabt, dass die Stadt praktisch ausgestorben war. Kein Auto weit und breit war zu sehen. Auf der A4 änderte sich die Situation dann aber rasant. Klauser geriet in einen schlimmen Stau, und etwa sechs Kilometer vor der Ausfahrt zum Flughafen war es endgültig vorbei. Die wohl größte Protestaktion, welche die *Letzte Generation* bisher veranstaltet hatte, blockierte die Straße, und mindestens zwanzig Klimakleber stellten sicher, dass kein Auto den Flughafen erreichen würde. Doch damit nicht genug: Nachdem Klauser erkannt hatte, dass sein wütendes Hupen nichts nützte, näherten sich gleich fünf Klimaaktivisten seinem Auto – wild entschlossen, ihn zur Rede zu stellen.

Ab diesem Zeitpunkt war auch für Basti und Lara kein Verstecken mehr möglich. Die Scheiben des Tesla waren nicht verdunkelt, und die Meute, die sich dem Auto näherte, kannte die beiden viel zu gut. Ganze sechs Protestaktionen hatten sie mit den im Auto sitzenden Klimakämpfern in den letzten Wochen bestritten, und zu viel Wahrheit hätte in eine Katastrophe gemündet. So blieb nur die Flucht nach vorne.

„Wissen Sie, dass unsere Generation wegen Menschen wie Ihnen keine faire Chance hat?", begann der Anführer der Gruppe.

„Gott sei Dank seid ihr hier", riefen in diesem Moment Lara und Basti unisono. „Den ganzen Tag haben wir versucht, ihn von seinen Lithium-Batterie-Umweltsünden abzuhalten, doch umsonst!"

„Aber warum seid ihr in seinem Auto?", fragte der Anführer.

„Er hat uns angeschrien, als wir zu ihm ins Auto geklettert sind, um ihn aufzuhalten. Und dann hat er gemeint, dass er für solchen Mist keine Zeit hätte. ‚Dann kommt ihr eben mit', hat er gebrüllt und uns einfach gekidnappt", schluchzte Lara.

So ging es mindestens zwanzig Minuten. Klauser musste als unbelehrbarer Klimasünder herhalten, den man bis zur letzten Sekunde vom Fliegen abhalten hatte wollen. Zwar kam es an diesem Nachmittag zu keinem gewalttätigen Zusammenstoß mit den Klimaaktivisten, dennoch war es mittlerweile viel zu spät, um den Flieger noch zu erreichen. Der Asientrip war für diesen Tag gecancelt. Nachdem die letzten Klimakleber von der Polizei abgeführt worden waren, fuhr Klauser seine Tochter und ihren „Klima-Che-Guevara" nach Hause. Mucksmäuschenstill war es während der Autofahrt in seinem Tesla. Wortlos brachte dieser zunächst Basti nach Hause und versuchte dann seine Tochter zu trösten. Dass sie auch in Podersdorf am Neusiedlersee einen wunderschönen Urlaub verbringen könne, lag ihm zwar auf den Lippen, doch unterließ er es, diese Alternative vorzuschlagen. Lara war zum Heulen zumute. Hinzu kam, dass auch an den Folgetagen alle Flüge ausgebucht waren. Der Asien-Trip fiel somit ins Wasser.

Laras Sommer war im Eimer, aber auch Klausers Motivation, als *Head of Cloud Business & Sustainability* nochmals durchzustarten, näherte sich dem Nullpunkt. Das dritte Quartal war eine Katastrophe gewesen. Kein einziger neuer Auftrag, zwei Vertragskündigungen, fünf ernsthafte Reklamationen und eine Tochter, die neuerdings zur Klimaskeptikerin mutiert war, machten richtig schlechte Laune. Ende August wurde alles noch schlimmer.

„Klauser, sofort in mein Büro", ließ Gruber seinen *Head of Cloud Computing & Sustainability* eines Morgens schroff am Mobiltelefon wissen.

„Wenn Ihr *Engagement-Level* Limbo tanzen könnte, wären Sie echt der absolute Champion. So tief wie Sie kommt keiner runter! Bei den Cloudumsätzen würde ich ja noch ein Auge zudrücken – die sind ja leider in jeder Niederlassung unterirdisch – aber was zum Teufel treiben Sie als *Head of*

Sustainability eigentlich?! Wissen Sie, was mir der Nachfolger vom Freudensprung, dieser Hoppenstett, verraten hat? Wir sind NULL – ja ich wiederhole – NULL kompetitiv in Sachen *Sustainability*. Ihr Pendant, diesen Ulf Klein, kann man zwar auch in der Pfeife rauchen. Das ist aber noch lange keine Entschuldigung für Ihren Totalausfall!"

„Aber Herr Gruber - bitte bedenken Sie, dass mein Spielraum begrenzt ist. Wir haben die gesamte IT ausgelagert. Im ehemaligen Serverraum stehen jetzt nur noch der Tischkicker und der Flipper. Bei der CO_2-Bilanz sind mir die Hände gebunden – wirklich!", entgegnete Klauser verzweifelt.

„Sehen Sie – das ist das Problem! Immer mit den Fingern auf die anderen zeigen! Einmal sind es die Teutonen, dann wieder der Tischkicker. Ich wünsche mir mehr *out of the box*-Denken bei Ihnen. Arbeiten Sie an Ihrem *Mindset*!"

„Aber Herr Gruber, ich versichere Ihnen…"

„Hören Sie, Klauser – mit diesem CO_2-Zeug brauchen Sie mir wirklich nicht kommen. Wer versteht das schon? Was wir brauchen, sind öffentlichkeitswirksame Aktionen! Wir brauchen *Impressions, Clicks, Likes* auf *Social Media*. Die *DigITtal Wolfs* sind uns mit ihrer *Sustainability-Plattform* haushoch überlegen! Drei neue Projekte in den letzten fünf Monaten! Social Media-Präsenz ohne Ende, und nächste Woche wird ihre Plattform in Hamburg der Presse präsentiert. Und was machen wir? Wenn wir nicht bald Flagge zeigen, sind wir erledigt! Und Sie auch - das können Sie mir glauben!"

Schlecht, sehr schlecht ging es Klauser an diesem späten Augusttag. Sein letzter *Sustainability*-Beitrag lag bereits drei Wochen zurück und war gerade einmal auf zwölf Klicks gekommen − ein *All-Time-Low*. Irgendetwas musste geschehen. Tatsächlich waren die *DigiTal Wolfs* den DigiTellers in Sachen *Sustainability* haushoch überlegen. Für den zweiten September hatten sie zudem in Hamburg den *Launch* ihrer neuen *Green Forever-Plattform 2.0* angekündigt. Und wenn der gelingen sollte, dann sah es für die DigiTellers düster aus! Zutiefst betrübt stieg Klauser an diesem Tag in seinen Tesla. Die DigiTellers hatten in Sachen Sustainability rein gar nichts anzubieten, Gruber war das Thema so wichtig wie einem Analphabeten das Gesamtwerk von William Shakespeare, und er - Klauser − wusste lediglich, dass das komplette Vertriebsteam der *DigiTal Wolfs* Anfang September im selben Flieger nach Hamburg jetten würde, um die DigiTellers nachhaltigkeitsmäßig endgültig zu vernichten.

So schlief Klauser in den letzten Augusttagen äußerst schlecht. Grubers Appell „Wir brauchen *Impressions, Clicks* und *Likes* auf *Social Media*" hinterließ Spuren, wobei ihn ein nächtlicher Albtraum, in dem sich Basti auf einen Flugzeugtragfläche geklebt hatte, schließlich auf eine grandiose

Idee brachte. Wenn Basti es draufhatte, dann hatte er – Klauser – es genauso drauf!

Sechs Uhr morgens war es, als der *Head of Cloud Computing & Sustainability* in das Zimmer seiner Tochter stürmte und ihr auftrug, ihren Exfreund (seit dem Flughafen-Waterloo war es aus mit Basti) anzurufen und mit ihm eine kombinierte „Einkessel- und Klebeaktion" am zweiten September zu organisieren. Lara war wenig begeistert. Ungläubig starrte sie ihren Vater an.

„Ist das dein Ernst, Papa?", fragte sie.

„Mein voller Ernst", antwortete Klauser.

Lara seufzte.

„Das mit dem Klimawandel ist doch alles übertrieben. Der Mensch kann den CO_2-Gehalt in der Luft doch gar nicht beeinflussen", sagte sie schlaftrunken.

„Ach papperlapapp – natürlich kann er das. Aber darum geht es doch gar nicht. Ich brauche jedenfalls dein neues iPhone und mindestens zwanzig Mann Unterstützung! Diese Wölfe schnappen wir uns! Die kommen nicht nach Hamburg! Es geht diesmal nicht nur um den Klimaschutz. Es geht um Leben und Tod! Dein Vater wird sich übermorgen auf der Flughafenautobahn A4 festkleben und ein Zeichen gegen den Klimawandel setzen. Zeigen wir Flagge! Es ist nicht fünf vor zwölf, sondern fünf NACH zwölf!"

Ein letztes Mal seufzte Lara. Seitdem mit Basti Schluss war, interessierte sie das Klimakleben weniger als das aktuelle

Fernsehprogramm. Diesen einen Gefallen wollte sie ihrem Vater aber tun. Dafür, dass er ihr im Sommer das neue iPhone geschenkt hatte, hatte er bei ihr noch immer was gut. Für die Clubbings in der Wiener Pratersauna eignete sich der Filter nämlich genau so gut wie für das Retuschieren irgendwelcher Klimakrisenleugner.

Basti war von Klausers geplanter Klebeaktion aber sichtlich beeindruckt. Detailliert erklärte ihm Laras Vater, wann und wie lange der Firmenbus der *DigITal Wolfs* auf der A4 eingekreist werden müsse, und schließlich war man sich einig, dass die Protestaktion großes Potenzial haben würde.

Dann kam der Moment der Entscheidung. Am 2. September um exakt 7 Uhr 45 wurde der Firmenbus der *DigITal Wolfs* auf der Flughafenautobahn eingekesselt, und an ein Weiterfahren war nicht mehr zu denken. Basti selbst dokumentierte auf seinem iPhone jeden einzelnen Augenblick der gelungenen Aktion, und als sich Klauser mit den Worten „Es ist nur ein kleines Zeichen von mir, aber ein großes Zeichen für die Menschheit" auf der Autobahn festklebte, dachte sich Laras Exfreund, dass der Alte mehr Mumm in den Knochen hatte als seine Schicki-Micki-Tochter. Die *DigITal Wolfs* verpassten schließlich ihren Flug nach Hamburg, und die Journalisten standen beim geplanten Produktlaunch vor einem fast leeren Stand.

Am beeindruckendsten war aber die Reaktion, die das Video in den sozialen Medien auslöste. Ganze 200.000 *Likes* erhielt es. Das war ein neuer Rekord. Klausers feierliche, an die Mondlandung erinnernde Worte sorgten für Furore. Sogar in den Abendnachrichten wurde der *Head of Cloud Computing & Sustainability* der DigITellers *namentlich erwähnt*. Ein einziges Posting - markiert mit den Hashtags *#last generation*, *#digITellers* und *#sustainability* – machte Klauser zum Social-Media-Star. Hocherfreut zahlte Gruber ihm sogar eine Sonderprämie aus.

Seit jenem Tag ist Klauser ein überzeugter Klimaaktivist, dem man bezüglich Smartphone-Filtern nichts vormachen kann. Über Laras Ex-Freund Basti spricht er noch heute in den höchsten Tönen.

 Anspieltipp:
Kidz (2010)
Take That

Einmal Leader, immer Leader

„Mach Mandi! Sitz! Mach Mandi! Sitz!"

Aumann war außer sich. Fünf Minuten versuchte er bereits, Waldi - einem kleinen Dalmatiner, den sich seine Tochter unbedingt eingebildet hatte - Kunststücke beizubringen. Fehlanzeige! Waldi ignorierte Aumann. Schlimmer noch: Jedes Mal, wenn dieser „Mach Mandi" sagte, legte sich der kleine Hund demonstrativ auf den Boden und stellte sich tot. Wenn Aumann „Sitz" sagte, ließ er sich fallen und rollte zur Seite. Bei Aumann wollte Waldi einfach nicht.

„Lass den armen Hund doch einfach", meinte schließlich seine Frau Eva. „Ist doch logisch – der Hundeausbildungsplatz hat dich nie interessiert. Jetzt hört er eben nur auf die Lena und mich. Er wird sich schon noch an dich gewöhnen!"

„Trotzdem ist das inakzeptabel!", protestierte Aumann. „ICH habe die Ausbildung gezahlt, weil die Frau Tochter

sich eingebildet hat, ohne diesen Hund nicht leben zu können! Da kann man doch ein wenig Respekt verlangen!"
Eva seufzte.

„Ist ja gut. Waldi wird deinen guten Willen sicherlich bald honorieren. Aber müssen wir nicht langsam los?"

Aumann blickte auf seine Smartwatch und atmete tief durch. Seine Frau hatte recht. In knapp einer Stunde musste er in Süßenbrunn sein und im *Leitlhof*, einem ihm völlig unbekannten Seminarhotel, an seinen *Leadership-Skills* arbeiten. Schon die Lokation war eine Frechheit! Süßenbrunn lag irgendwo im Niemandsland zwischen Wien und Niederösterreich. Wie sollte man an einem solchen Ort seine Führungsqualitäten schärfen? Gruber hatte aber nicht mit sich reden lassen. Nach dem Bilanzskandal bei den deutschen DigITellers (Ex-CEO Freudensprung beharrte noch immer auf seiner Unschuld) war die Mitarbeiterzahl im deutschen *Headquarter* schneller geschrumpft als ein Schneemann in der Sahara. Gruber hatte da natürlich Panik bekommen und Aumann unmissverständlich erklärt, dass er nun echte Leadership zeigen müsse. Fünf Minuten später stand fest, dass der *Head of Sales* den nächsten Samstag in dieser Einöde verbringen würde, um sich Blödsinn über moderne Führung, Motivation und ähnliches anzuhören. In Süßenbrunn! Am Samstag! Dass Eva ihn an diesen tristen Morgen zum *Leitlhof* chauffieren musste, gab dem Ganzen zusätzlich einen peinlichen

Anstrich. Aumanns Firmenwagen war nämlich beim Service, und das zuständige Autohaus war nicht imstande gewesen, ihm einen adäquaten Leihwagen zur Verfügung zu stellen. Der *Head of Sales* war somit nicht mobil und von seiner Göttergattin abhängig. Dass er sich etwas Besseres vorstellen konnte, als sich in einen fünfzehn Jahre alten Dacia zu setzen und sich wie ein Schuljunge ins Niemandsland kutschieren zu lassen, verstand sich von selbst. Was für ein unwürdiges Schauspiel! Was für eine Demütigung für einen waschechten *Head of Sales*!

„Du hast recht, Eva", sagte Aumann seufzend, „wir müssen los! Setz mich aber gerne ein paar hundert Meter vor dem *Leitlhof* ab. Ein bisschen frische Luft ist gut fürs *Mindset* und stärkt den *Fokus*."

„Ganz sicher", antwortete diese und verdrehte die Augen.

Exakt fünfzig Minuten später setzte Eva ihren Göttergatten im schönen Süßenbrunn ab. Die letzten fünfhundert Meter hatte Aumann unbedingt zu Fuß zurücklegen wollen, um „seine Gedanken zu ordnen" und um „Inspiration zu finden". Glücklicherweise hatte ihn niemand im alten Dacia gesehen. Am Nachmittag musste ihm dieses Kunststück noch einmal gelingen. Daher instruierte er Eva, ihren Wagen um halb fünf an derselben Stelle zu parken und ihn dann bei der Rezeption des Hotels abzuholen.

„Du genierst dich für den Dacia", sagte sie zum Abschied. „Dabei hast du ihn beim Kauf angeblich ‚so süß' gefunden, erinnerst du dich? Nur ums Geld ging's dir damals! Schäm dich!"

„Gar nicht wahr", protestierte Aumann. „Der Wagen ist charmant-vintage. Ich möchte nur ein wenig frische Luft schnappen!"

Ein letztes Mal verdrehte Eva an diesem Morgen die Augen, und dann trat Aumann seinen fünfhundert Meter langen Leidensweg zum Seminarhotel an.

Der *Leitlhof* war ein geschmacklicher Affront, der seinesgleichen suchte. Stilistisch angesiedelt zwischen chinesischem Hallstatt-Nachbau, einer Sammelstätte für ausrangierte Heiligenfiguren und der altehrwürdigen *Edenbar*, einem Nobeletablissement in der Wiener Innenstadt, vereinte er das Schlimmste aller drei Welten. Aumann war sich sicher, dass der *Interior Designer* dieses geradezu furchteinflößenden Sammelsuriums bei Hieronymus Bosch Inspiration gefunden haben musste. An diesem Ort moderne *Leadership*-Methoden zu büffeln war so sinnvoll wie der Versuch, in einer Geisterbahn seine Spiritualität zu finden. Den Vogel schoss aber ein kleines Männchen ab, das sich bei Aumanns Eintreten offenkundig noch unter dem Rezeptionstisch versteckt hatte, und diesen plötzlich mit den Worten „Grüß Sie Gott und alle anderen Hawara" (Anmerkung: Freunde) begrüßte. Aumann traute seinen Augen nicht: Ein etwa hundertjähriger Alm-Öhi mit Trachtenhut streckte ihm zur Begrüßung die Hand entgegen, und als er die Begrüßung erwiderte, zerquetschte dieser ihm fast die Hand.

„Ich bin der Leitl", sagte das Männchen, und Aumann dachte kurz, dass er wohl Opfer eines „Versteckte Kamera"-Scherzes geworden war. Der Alte konnte unmöglich echt sein.

Franz Leitl, seines Zeichens ehemaliger Kunstschnitzer und Fußbodenleger, war aber echt. Seit mehr als sechzig Jahren führte dieser mittlerweile den *Leitlhof*, und zu seinem fünfundsiebzigsten Berufsjubiläum hatte ihm sogar der Wiener Bürgermeister gratuliert. Männer wie er brauche das Land, hatte der freundliche Jungspund im Rathaus damals hochoffiziell gesagt und ihm höchstpersönlich den Ehrenorden der Stadt Wien überreicht. Das war vor fünf Jahren gewesen. Jetzt, mit fünfundneunzig, ging es Leitl zwar schon ein wenig gemütlicher an. Seinen täglichen Fünf-Kilometer-Morgenlauf ließ er aber nach wie vor nicht aus. Noch immer trug er das Gepäck seiner Gäste in den zweiten und dritten Stock, servierte den Herrschaften im Seminarhotel bodenständige Speisen, die seine Frau Berta kochte und rechnete am Ende des Tages auf Heller und Pfennig genau ab. Den Rest der Hotelarbeit erledigte sein Personal, das ehrfürchtig jedem seiner Worte lauschte.

„Der Seminarraum ist da hinten im Erdgeschoß", erklärte Leitl dem verdutzten Aumann nach der Begrüßung, entschuldigte sich dann aber augenblicklich bei diesem, weil er einem weiteren Gast das Gepäck in den dritten Stock tragen musste – eine bemerkenswerte Leistung für einem Fünfundneunzigjährigen, der mit geschätzten fünfzig Kilo Körpergewicht einem Strich in der Landschaft glich.

Aumanns Leadership-Seminar begann pünktlich um 9 Uhr 30. Genau zwölf Leute hatten sich an jenem kühlen Oktobermorgen im *Leitlhof* eingefunden, um gemeinsam die noch brachliegenden Möglichkeiten effektiver Führung, galaktischer Motivationsfähigkeit und überbordender Empathie kennenzulernen. Der Speaker des heutigen *„Advanced Modul"* ging es forsch an. Mit einem fröhlichen „Guten Morgen, selbst wenn uns das Wetter etwas anderes weismachen will", legte er los und forderte die nach *Leadership*-Wissen Dürstenden auf, sich zu Beginn mit einer persönlichen Geschichte vorzustellen.

Aumann überlegte. Hauser und Immel zum Beispiel hatte er nach dem Gabler-Skandal Beine gemacht. In den letzten Monaten hatte er außerdem den Eindruck gehabt, dass seine Stimme sonorer und somit respekteinflößender geworden war. Plötzlich fiel ihm dann aber wieder Waldi ein, der in der Früh partout nicht „Mandi machen" wollte, und das ärgerte ihn. Diese Vorstellungsübung war gar nicht so einfach, und so entschied sich Aumann schließlich für ein Beispiel aus seiner Jugend: Als er fünfzehn gewesen war, hatte ihm sein Fußballtrainer einmal die Kapitänsschleife anvertraut, und er – Aumann – hatte sie mit Würde getragen. An den Ausgang des Spieles erinnerte er sich nicht mehr, doch hatte sich diese frühe Führungserfahrung tief in sein *Mindset* eingeprägt und ihn den Weg eines *Leaders* beschreiten lassen. Mit diesem Beispiel stellte sich Aumann vor, und der Trainer dankte es ihm mit einem ermutigenden Kopfnicken.

Top Quality war Neumann, der Trainer des heutigen *Advanced Leadership*-Moduls. Cernik, Aumanns lange Jahre bevorzugtem Trainer, der im Sommer aus unerklärlichen Gründen aus der Seminarszene ausgestiegen war, stand er inhaltlich um nichts nach. Flipchart, Laptop, Leuchtstifte – alles war da, und als die zwölf *Leadership*-Aspiranten nach einer Stunde endlich ihre Vorstellungs-Runde abgeschlossen hatten, fuhr der etwa Dreißigjährige mit bemerkenswerter Energie fort.

„Was ist das?", fragte er und zeichnete mit einem blauen Marker sorgfältig einen Eisberg auf das Flipchart.

„Ein Eisberg", meinte ein von seinem Chef geschickter freiwilliger Seminarteilnehmer.

„Ganz genau!", sagte Neumann triumphierend. „Und wissen Sie, was einen Eisberg auszeichnet?"

Nun schwieg auch der freiwillig Geschickte.

„Nur zehn Prozent eines Eisbergs befinden sich oberhalb der Wasseroberfläche. Das ist das, was wir sehen! Aber ganze neunzig Prozent liegen darunter! Und wissen Sie, warum ich Ihnen das erzähle?", fragte er weiter.

„Weil ich versehentlich in einem Vortrag über die Arktis gelandet bin", antwortete ein Scherzkeks aus der letzten Reihe, der Aumann an Berger erinnerte.

Einige lachten.

„Nur halb richtig", antwortete der Eisbergmaler ermutigend.

„Ich erzähle es Ihnen deswegen, weil es sich auch bei den *Leadership*-Herausforderungen so verhält. In einer typischen Firma kennt das Top-Management nämlich nur vier Prozent aller internen Probleme. Das mittlere Management kennt immerhin schon neun Prozent. Alle Fachbereichsleiter zusammen kennen fünfundsiebzig Prozent, und die Fachkräfte können hundert Prozent der Probleme ausbaden."

Nun lachten alle Seminarteilnehmer.

„Gott sei Dank sind es nur vier Prozent - sonst müsste man ja Harakiri machen", meinte der Scherzbold aus der letzten Reihe erneut. Aber eine andere Frage: Ist der Golfplatz in Süßenbrunn zu dieser Jahreszeit noch geöffnet?"

Wieder lachten alle.

218

In diesem Moment – es war bereits halb elf - öffnete sich zum ersten Mal die Tür des Seminarraums. Forschen Schrittes trat der alte Leitl ein, links und rechts flankiert von zwei jungen Kellnerinnen. Es war Kaffeezeit. Akkurat stellten diese Thermoskannen, Kaffeetassen und Kekse in der hinteren Ecke des Raumes ab und blickten ehrfürchtig zu ihrem Chef.

Dieser nickte.

„Ihr könnt's jetzt abtreten. Danke, dass Ihr die drei Überstunden auch noch gemacht habt. Nun ist aber Schluss. Ruht's euch aus. Wir sehen uns morgen in alter Frische wieder."

Die jungen Kellnerinnen nickten ehrfürchtig und traten dann mit einem Knicks ab. Leitl blickte sich im Seminarraum um.

„Ah, ein Vortrag über die Arktis. Die Gruppe letzte Woche – und auch die davor – hat eifrig über Eisberge diskutiert. Das dürfte neu sein. Alle interessieren sich seit einiger Zeit für den Polarkreis. Sie werden's nicht glauben, aber meine Eltern wollten sich damals fast schon ein Ticket für die Titanic kaufen. Gott sei Dank wurde daraus aber nichts! Mich hätt's dann nicht gegeben, und auch die drei Fabriken in Brünn hätten die beiden nicht aufziehen können. Gott hab sie selig! Mein Vater hat schon mit hundertzehn das Zeitliche gesegnet. Ich hoffe, ich gebe nicht so früh den Löffel ab. Wie sollen die jungen Leut' dann den *Leitlhof* weiterführen?"

Leitl seufzte.

Mit offenem Mund schaute der Eisbergmaler den junggebliebenen Hotelbesitzer an. Dieser füllte zunächst die halbleeren Obstkörbe, dann bückte er sich, um einen kleinen Fleck am roten Teppichboden wegzuwischen.

„Immer schlampiger werden's, die jungen Leut", glaubte Aumann gehört zu haben. Einig waren sich die Seminarteilnehmer aber, dass der alte Leitl beim Hinausgehen „Heute werden's wieder sechzehn Stunden" gesagt hatte.

Nach einer kurzen Kaffeepause setzte Neumann mit seinem *Advanced Module* bzw. seinen *Goldenen Prinzipien langfristigen Erfolgs* fort. Erneut zeichnete er dafür einen im Sonnenlicht blitzenden Eisberg auf das Flipchart, der nun für die Entbehrungen und Mühen eines Projekts (unterhalb der Wasseroberfläche) stand. Diese müsse man auf sich nehmen, dozierte der Leadership-Guru, um eines Tages am Olymp des Erfolgs (oberhalb der Wasseroberfläche) anzukommen. Aumann gab Neumann diesbezüglich recht. Er betonte allerdings, diesen Schwierigkeiten persönlich täglich zu trotzen, immer die Extrameile zu gehen und weit mehr als neun Prozent der Probleme der DigITellers zu kennen. Der Eisbergmaler bedankte sich für Aumanns Wortmeldung und klopfte ihm auf die Schulter. Dann widmete er sich dem dritten Themenblock des *„Advanced Leadership Moduls"*: dem Verhältnis zwischen Beziehungs- und Sachebene.

Neumann betonte, dass die Sachebene in der Regel überbewertet werde und es das *Mindset*, der Fokus und die *Agi-*
lity wären, welche Mitarbeiter zu Höchstleistungen treiben
würden. Weiters regte er an, mehr auf *Eigenmotivation*,
Passion und *Trust* zu setzen und weniger auf Kontrolle.

„Das sollte mal Gruber hören", dachte sich Aumann, wurde
in seinen Überlegungen aber im selben Moment schon ge-
stört. Erneut öffnete sich die Tür, und der alte Leitl betrat
diesmal mit seiner Frau Berta den Seminarraum. Es war Es-
senszeit, und das rüstige Ehepaar forderte die lernbegieri-
gen Seminarteilnehmer auf, sich in den Speisesaal zu bege-
ben.

Den ganzen Vormittag war Leitls Frau in der Küche gestan-
den, um ein Fiakergulasch und einen Schweinsbraten zuzu-
bereiten.

„Haben Sie auch etwas Veganes?", fragte eine Seminarteil-
nehmerin, die Neumann eben noch mit einer Frage zum
exakten „Unter Wasser- / Über Wasser-Eisberg-Prozentan-
teil" in die Enge getrieben hatte. Berta reagierte auf dieses
Ansinnen mit bewundernswerter Souveränität. Eine un-
glaubliche Frechheit sei es, so etwas überhaupt zu fragen,
ließ die rüstige Fünfundneunzigjährige die um ein halbes
Jahrhundert Jüngere wissen. Nur der Anstand verbiete es
ihr, dieser weinerlichen Memme das Kochmesser nachzu-
werfen. Das saß. Alle Teilnehmer aßen nun brav ihren

Schweinsbraten oder ihr Fiakergulasch und lobten Bertas Kochkünste.

„Na, geht doch!" meinte diese, und als Zeichen der Wertschätzung kniff der alte Leitl seiner Frau in den Po. „Manchmal muss man die jungen Leut' eben härter rannehmen", meinte er, und dann zogen sich beide kichernd aus dem Seminarraum zurück.

„Während die ihre Eisberge malen, gönnen wir uns ein kleines Schäferstündchen", glaubte Aumann beim Hinausgehen noch gehört zu haben.

Nach der Mittagspause ließ es Neumann zunächst langsamer angehen. Die Themen *Growth Mindset* versus *Fixed Mindset*, *Agility* und *Management by Inspiration* standen nun auf der Agenda. Diesmal fanden keine Eisberge den Weg auf das Flipchart. Mit kniffeligen Rätseln und Rollenspielen animierte Neumann jedoch die Seminarteilnehmer, *out of the box* zu denken und dabei *Leadership* zu zeigen. Aumann war nur so müde. Das Fiakergulasch war köstlich gewesen, doch lag es schwer im Magen, und gerne hätte er ein kleines Nickerchen gemacht. Zwei Stunden musste er noch überstehen. Dann würde ihn Eva endlich abholen.

Die letzte Kaffeepause vor dem abschließenden *Wrap Up* war für halb vier angesetzt.

„Die reden ja noch immer über die Arktis", meinte Berta gutgelaunt zu ihrem Franz, als sie die letzten beiden

222

Thermoskannen Kaffee und ein Tablett mit Marillenbuchteln abstellte. Die süßen Köstlichkeiten hatte sie bereits am Vorabend gebacken. Leitl hatte ihr aufgetragen, diese aber nur dann zu servieren, wenn die jungen Leute gute Arbeit leisteten. Lange war er sich diesbezüglich nicht sicher gewesen. Nachdem Berta der veganen Querulantin aber doch recht rüde die Flügel gestützt hatte, wollte er Gnade vor Recht ergehen lassen. Die resolute Fünfundneunzigjährige durfte die Marillenbuchteln auftischen, jeder Teilnehmer bekam eine davon und alle waren zufrieden.

Nach der Kaffeepause wurden die *Leadership*-Erkenntnisse des Tages dann praktisch umgesetzt. Neumann bat die zwölf Seminarteilnehmer, sechs Teams zu bilden. Jedes Team sollte abwechselnd Vorgesetzter und Mitarbeiter spielen, und es dauerte eine Weile, bis man sich bei der Reihenfolge einig war. In allen sechs Zweiergruppen bestanden die Teilnehmer darauf, zunächst den Vorgesetzten zu spielen, und auch Aumann wollte diesbezüglich nicht zurückstecken. Die morgendliche *Leadership*-Niederlage mit Waldi kratzte noch immer an seinem Selbstbewusstsein. Daher tat es seinem Ego wohl, als sein Übungspartner als Erster nachgab. Das Seminar hatte also zumindest seine Durchschlagskraft gestärkt, befand Aumann, und daher doch etwas gebracht.

Eva erreichte, wie vereinbart, um halb fünf das Seminarhotel.

„Wenn das Karma will, dass man den Dacia sieht, soll es eben so sein", sagte sie sich. Dann parkte sie den alten Wagen, für den sich Aumann so schämte, hundert Meter neben dem Hotel und betrat den *Leitlhof*. Auch Aumanns Frau musste an Hieronymus Bosch denken, als sie bei der Rezeption auf ihren Mann wartete. *„Unglaublich!"*, ging es ihr durch den Kopf, als sie den alten Leitl und seine Berta erblickte und diese gerade lebhaft darüber diskutierten, wer das Gepäck eines Gastes in den dritten Stock bringen durfte.

In diesem Moment ging die Tür des Seminarraums auf, und Aumann blickte seine Frau und Waldi erleichtert an.

„Endlich bist du da", sagte er. „Diese *Leadership*-Trainings verlangen einem wirklich alles ab. Sag, hast du den Wagen…"

„Ich habe ihn nicht vor der Tür geparkt, wenn du es genau wissen willst", sagte Eva genervt und verdrehte erneut die Augen.

„Schon gut, ich wollte ja nur fragen".

Nach Evas Reaktion unterließ es Aumann, weitere Fragen zu stellen. Ob der heutige Tag außerhalb des Seminarraums etwas gebracht hatte, wollte er aber selbstverständlich auf der Stelle testen, und diesbezüglich war Waldi ein idealer, wenn auch harter Sparring-Partner.

„Mach Mandi! Sitz! Mach Mandi! Sitz!", sagte Aumann nun in einem Ton, der ihm gleichermaßen natürlich-autoritär und wohlwollend erschien. Doch reagierte Waldi auch dieses Mal nicht. Erneut legte er sich beim „Mandi-Machen" hin und fiel beim „Sitz" um, um sich dann über den Teppich zu rollen. Das Leadership-Training hatte also rein gar nichts gebracht.

Exakt in diesem schmerzhaften Moment der Wahrheit gesellten sich der alte Leitl und seine Berta zu den Aumanns. Beide waren ungewollt Zeuge seines Leadership-Versagens geworden.

„Sag einmal, du Böser! Seinem Herr nicht zu folgen - tut man denn das? Machst du Mandi?", legte der alte Leitl resolut los.

„Waldi, sitz!!", ergänzte dann Berta, die gerade die leeren Kuchenteller aus dem Seminarraum getragen hatte.

Diesmal folgte Waldi. Brav stellte er sich auf die Hinterbeine und gab dem alten Leitl die rechte Pfote. Dann blickte er Berta tief in die Augen und setzte sich auf den scharlachroten Teppich in der Eingangshalle des Süßenbrunner Folklorehotels. Zu guter Letzt schickte Leitl den kleinen Dalmatiner mit einem „Geh zum Herrchen!" zum *Leadership*-Studenten Aumann.

„Waldi, mach Mandi! Sitz! Mach Mandi! Sitz!", versuchte es dieser erneut, und – siehe da - diesmal klappte es! Anfangs etwas widerwillig, aber doch, machte der junge Hund das, was ihm sein Herrchen aufgetragen hatte. Waldi hob seine Pfoten, setzte sich brav hin, hob nochmals seine Pfoten und legte sich dann wieder gehorsam auf dem scharlachroten Teppich nieder.

Vieles im Leben ist eine Frage der Perspektive. Süßenbrunn ist für Aumann heute ein höchst attraktives Reiseziel, das er mit Waldi immer wieder gerne aufsucht. Der *Leitlhof* übt trotz des etwas gewöhnungsbedürftigen Interieurs eine magische Anziehungskraft auf ihn aus, und der alte Leitl ist in den Augen Aumanns der Inbegriff wahrer Leadership.

 Anspieltipp:
Stand by your man (1968)
Tammy Wynette

Nur die Harten kommen in den Garten

Die Lage war mehr als angespannt. Das vierte Quartal hatte bei den DigiTellers nicht den erhofften Umschwung gebracht, und als Gruber am siebenten Januar das erste Strategiemeeting des Jahres eröffnete, war von Feierlaune weit und breit keine Spur.

„Meine Herren - und natürlich auch Sie, Frau Danner", begann er, „wir sind uns alle im Klaren, dass das letzte Geschäftsjahr nicht nur hinter den Erwartungen geblieben ist, sondern schlichtweg eine Katastrophe war. Ein Umsatzrückgang von fünfzig Prozent in einem Markt, der aus dem Feiern nicht rauskommt! Reklamationen am laufenden Band und dann noch eine Kündigungswelle, die es mit einem Tsunami aufnehmen kann! Ja, klar – die Geschichte mit dem Gabler war nicht ideal! Dass der Freudensprung dieses Ding gedreht hat, war auch unnötig. Aber muss ich wirklich für jeden Blödsinn der Germanen büßen? Wenn das so weiter geht, heißt es bald: Der letzte dreht das Licht ab! Irgendwelche Vorschläge?"

Aumann seufzte und vergrub die Stirn in beiden Händen.

„Also seit dem letzten *Leadership*-Training bin ich sicher, dass es nicht an uns liegt. Es sind diese *Junior Consultants!* Sie wollen einfach nicht mehr die *Extrameile* gehen. Der eine redet schon beim Einstellungsgespräch von *Burnout*-Prävention, der andere faselt etwas von *Wokeness*, der dritte akzeptiert nur 100% Homeoffice. Wohin soll das noch führen?"

Auch Berger ließ an diesem kalten Januartag seinen Gefühlen freien Lauf.

„Aumann, Sie haben zumindest ihre *Tekkie*-Fuzzis!", meinte er. „Seitdem die Teutonen über unser Marketingbudget bestimmen, muss ich mich für jeden Euro rechtfertigen. Letzte Woche hat mir der neue Marketingchef, dieser Trüb, geschrieben, dass – ich zitiere – ‚die Ösis Marketingbudget so dringend brauchen wie Eskimos einen Kühlschrank'. Rassistische Aussetzer hat der also auch! Alle Veranstaltungen haben sie mir für dieses Jahr gecancelt und gemeint, dass ich mich eben um die *low hanging fruits* kümmern und *Success-Stories* bauen soll. Ich frage mich nur, von welchen *Stories* er spricht! Seitdem der Zoller nicht mehr bei der *Epikurbank* ist und der Ebner nicht mehr bei der *Lorenzversicherung*, singt niemand mehr ein Loblied auf die DigITellers. Beim Produktmanagement ist es noch schlimmer. Es ist erfolgsversprechender, an den Weihnachtsmann zu glauben als an ein innovatives Produkt aus dem *Headquarter*!"

„Das ist alles nichts gegen meine Situation", stieß nun auch Schwarz ins selbe Horn. Auch er hatte schon bessere Tage gesehen. Nachdem das *Customer Service*-Team Anfang Dezember fast vollständig gekündigt hatte, schob dieser nun Nachtschichten und meldete sich am Telefon situationselastisch als „*Customer Service*leiter Schwarz" oder als „*First Level Support* Schwarzl". Siebzig Prozent aller Beschwerden gingen darauf zurück, dass die meisten Consultants von einem Tag auf den anderen gekündigt hatten und das Dreamteam Eibl & Glück keine geeigneten Leute fand. Unlustig war das Ganze – höchst unlustig! Die restlichen dreißig Prozent gingen auf ein Entwicklungsframework zurück, das das Headquarter nur drei Monate zuvor als *FinTech Trading Platform* Version 1.0 gelauncht hatte.

Hauser hatte das Ding, welches den klingenden Namen *Krypto King* trug, durch Zufall auf der Preisliste entdeckt und Brunner – seines Zeichens CIO der *Vienna Capital Invest* – Ende November als *FinTech*-Revolution verhökert. Erneut war der Tatort des Unterschriftverbrechens der *Don Juan*-Nachtclub, und wieder war dieses fünf Long Island Iced Teas zu verdanken gewesen. Um vier Uhr morgens hatte Hausers neuer bester Freund seine Unterschrift unter den *Crypto King Version 1.0* Vertrag gesetzt und im Office damit Furore gemacht.

Gruber lobte Hausers beeindruckendes Gespür für Innovationen und versprach ihm, die Provisionen, die er ihm ob des Ebner-Desasters ursprünglich gestrichen hatte, nun doch auszuzahlen. Bald schlug die ursprüngliche Begeisterung aber in Ernüchterung um. Die *Vienna Capital Invest* musste erkennen, dass die Plattform doch nicht von selbst tradete. Das hatte Hauser nämlich hoch und heilig versprochen. *Crypto King 1.0* war lediglich die *Betaversion* einer *Trading-Software*, an der sich ein Ferialpraktikant versucht hatte. Die Plattform war nie durch einen *Quality Assurance Check* gegangen, und als der Kunde mit „Auftrag" drohte, schlug man in Frankfurt die Hände über dem Kopf zusammen. Wie hatte das nur passieren können? Trotzdem wollte man das Ding durchziehen und versprach dem Kunden *Extended Support*. Leider fehlte es dafür aber an Personal, und so musste schließlich das situationselastische Support-Team Schwarz/Schwarzl die Suppe auslöffeln. Das Projekt stand auf Messers Schneide. Mehrfach drohte die *Vienna Capital Invest* mit dem Rechtsweg – ein Vorhaben, das auch Hausers Freundschaft zu Brunner belastete.

Grubers Ansage „Der Letzte dreht das Licht ab" spukte an jenem siebenten Januar daher wie ein Geist durch das Konferenzzimmer der DigITellers.

Von „dunklen Wolken am Horizont" war die Rede, und selbst die Tatsache, dass Gruber es an diesem Tag unterließ, allzu laut zu schreien, machte die Sache nicht besser. Die Ist-Analyse auf dem Flipchart zeigte ein düsteres Bild:

- Halbfertige Produkte und fehlende Abgrenzung zur Konkurrenz
- Kein Support
- Personalschwund, dennoch zu hohe Fixkosten
- Fehlendes Marketingbudget
- Inkompetentes Verkaufspersonal

„Oh weh, oh weh, oh weh", jammerten Gruber, Aumann und Schwarz im Chor, als sich plötzlich Meisner, der eben erst rekrutierte *Partner Channel Manager* der DigITellers, zu Wort meldete.

„Klingt wie eine perfekte Basis für *Multilevel Marketing*", meinte dieser.

„Multi was?", fragte Gruber, und auch die erweiterte Geschäftsführung der DigITellers schaute interessiert auf.

„*Multilevel-* oder auch *Network Marketing*", wiederholte Meisner und ging dann zur Überraschung aller zum Flipchart.

„Schauen wir uns doch nochmals diese „*Crypto King 1.0*"-Software an. Was macht mehr Spaß – ein minderwertiges Produkt zu kaufen oder zu verkaufen?", fragte dieser.

„Natürlich zu verkaufen. Darin sind wir absolute Champions", antwortete Gruber wie aus der Pistole geschossen.

Aumann, Berger und Schwarz nickten.

„Gut, dann sind wir uns da ja einig. Und beim *Network Marketing* geht das perfekt! Das Produkt selbst ist nicht so wichtig. Es geht darum, dem Käufer etwas zu verscherbeln und ihm die Möglichkeit zu geben, es weiterzuverkaufen."

„Was soll der Blödsinn, Meisner? Warum soll jemand ein mieses Produkt kaufen und es dann noch empfehlen??!", unterbrach Gruber den Begeisterung ausstrahlenden *Partner Channel Manager*.

„Weil er eine Provision dafür bekommt?"

„Wieder so ein Blödsinn, Meisner! Nochmals: Warum soll irgendein *CIO* – bleiben wir beim Brunner von der *Vienna Capital Invest* – ein minderwertiges Stück Software kaufen, für die er uns nun klagen will, und dieselbe Software weiterverkaufen?"

„Vielleicht tut er es, wenn wir ihm als Privatmann kostenlos eine „*Private Crypto King Trading Edition*" zur Verfügung stellen, die er unter eigenem Namen verkaufen kann. Er ist dann Partner von uns, verzichtet natürlich auf eine Klage und verdient sich mit den Partnern unter ihm eine goldene Nase."

Pathetisch malte Meisner mit der rechten Hand seine Krypto-Vision in die Luft des Konferenzraums.

„Krypto King = Trade Dich reich,
ohne einen Finger zu krümmen"

„Also ein Switch von *B2B* auf *B2C*? Eine *Trading*-Plattform, die allen offensteht?", fragte Gruber nun schon interessierter.

„Genau!", antwortete Meisner stolz. „Jeder darf auf der Plattform traden und sie auch weiterverkaufen. Es besteht keine Ausweispflicht und niemand muss über einen Befähigungsnachweis verfügen. Unseren eigenen *Coin*, den *DigIT-Coin*, werfen wir dann auch noch auf den Markt. Den kann man nur mit der ,*Private Edition*' traden - ein weiteres Alleinstellungsmerkmal. Am Schluss sind alle glücklich: Klage fallengelassen, alle verdienen eine stattliche Provision, und niemand kommt mehr auf die Idee, die Produktqualität zu kritisieren. Das ist *Network Marketing* in Reinkultur!"

Erwartungsfroh blickte Meisner Geschäftsführer Gruber in die Augen.

„Also ich weiß nicht. Niemand in diesem Raum ist ein Kind von Traurigkeit, aber das, was Sie da vorschlagen, ist schon ein starkes Stück. Wieso kommen Sie nicht gleich mit der Idee, im Keller der DigITellers Geld zu drucken?", fragte Gruber sichtlich beeindruckt.

„Weil Gelddrucken illegal ist. Aber eine *Trading*- Plattform bauen, einen eigenen *Coin* erfinden, Schulungen anbieten und das mit *Network Marketing* zu verhökern – das ist legal!"

„Und wie sieht es aus mit den Themen Interessenskonflikt, Verletzung interner Sorgfaltspflichten, Bestechung etc.? ", unterbrach Gruber den neuen *Partner Channel Manager* erneut.

„Naja, die Teutonen sollten da nicht so viel mitbekommen. Vielleicht geht es als ausgegliederte Firma ...?"

„Meisner, nachdem Sie den Probemonat schon überstanden haben und ich so schnell keinen Ersatz bekomme, setze ich Sie jetzt nicht auf die Straße. Der Blödsinn kommt aus mehreren Gründen nicht in Frage: Erstens muss ich jede Woche an die Teutonen *reporten*, und die lynchen mich auf der Stelle, wenn ich mit so einer Idee daherkomme. Zweitens gehört dieses *Krypto*-Ungetüm nicht uns. Wir können das Ding nicht in Eigenregie verkaufen!"

Meisner senkte nun enttäuscht den Kopf und ließ es gut sein.

Im Konferenzzimmer der DigITellers kehrte erneut gespenstische Ruhe ein.

„Oh weh, oh weh, oh weh", jammerten Gruber, Aumann, Berger, Schwarz und nun auch Meisner im Chor. Es war schließlich die Danner, die der geknickten männlichen Führungsriege wieder Hoffnung einflößte.

"Tun wir doch mal so, als würden uns die Deutschen lassen", schlug sie vor, und tatsächlich fand man auf die

234

deprimierende Ist-Analyse an diesem Tag noch einige interessante Antworten:

- Mangelhafte Produktqualität oder halbfertige Produkte
    - ✓ *Produktqualität wird überschätzt. Es zählt die Begeisterung und die Provision beim Weiterverkauf*
- Inkompetentes Verkaufspersonal
    - ✓ *Inhalte sind nicht so wichtig. Ein Verkauf über Produktfeatures ist nicht notwendig. Es zählt die Vision von Reichtum*
- Fehlendes Marketingbudget
    - ✓ *Jeder Partner ist selbständig und macht sein eigenes Marketing*
- Mangelhafter Support
    - ✓ *Verlegung auf Marshall-Inseln oder Bermudas von Vorteil*

Restlos überzeugt war Gruber von Meisners *Multi Level Marketing*-Ausführungen im Bereich *Crypto Currency* Trading nicht, doch rang ihm dessen Fähigkeit, *out of the box* zu denken, Respekt ab.

„Meisner, ich muss zugeben, dass Sie mich beeindruckt haben. Wenn ich den Nachfolger vom Freudensprung, diesen Hoppenstett, nicht ständig an der Backe hätte, würde ich Sie glatt mit dem *Channel Management* und dem

Produktmanagement dieses *Krypto*-Dings betreuen", meinte Gruber und erklärte das Meeting dann für beendet.

Man sagt, dass man aus den Zitronen, die das Leben verteilt, Limonade machen kann. Exakt drei Tage nach dem Strategiemeeting standen Gruber und sein Team erstmals vor dieser Herausforderung.
Der für seine notorische Humorlosigkeit bekannte Hoppenstett, seines Zeichens Interimsgeschäftsführer der deutschen Niederlassung und Regionalleiter der Region DACH, kontaktierte Gruber.

„Um es kurz zu machen", begann dieser in einem noch forscheren Ton als sonst.
„Die Zahlen von euch Ösis haben mir nicht nur das Weihnachtsfest verdorben und mir die Lust genommen, zum Donauwalzer ins neue Jahr zu tanzen. Sie haben mir auch bewiesen, dass es in eurem schönen Alpenland an Seriosität fehlt! Können Sie bei Ihrer Prachtbilanz eigentlich noch ein Auge zutun? Fünfzig Prozent Umsatzeinbruch und eine Personalreduktion, die nicht mal Stallone & Schwarzenegger gemeinsam hinbekommen hätten! Das macht doch alles keinen Spaß mehr! Den ganzen lieben Tag lang kann ich ausbügeln, was der Freudensprung verbockt hat, und dann kommen Sie mir noch mit Ihrem Ösi-Waterloo!"
Gruber seufzte.

„Es sind diese *DigITal Wolfs*, die uns das Leben schwer machen. Österreich ist anders, es ist...", begann er.

„Ach Papperlapapp! Um zum Punkt zu kommen: In knapp fünf Monaten werden wir euren Affenzirkus schließen! Aus die Maus – das rentiert sich einfach nicht! Lassen Sie mich's dezent ausdrücken: Diese ewigen *Calls* mit Ihnen, diesem Clown Berger, diesem Schleimer Aumann und dem Rest der coolen Gang werde ich nicht vermissen. Ist doch alles Mist!"

„Aber was passiert mit all dem Wissen hier in Wien?", fragte Gruber nun sehr leise.

„Haha, der war gut. Also, wenn sie unbedingt weitermachen wollen, dann gründen Sie doch eine kleine Ösi-Gesellschaft á la „DigITellers IT-Systems GmbH" oder so. Dem Berger wird da sicher was einfallen!"

„Was ist eigentlich mit dieser *Krypto King*-Plattform?", fragte Gruber.

„Mit was?"

„Na, mit dieser *Krypto 1.0*-Plattform, die unser allseits beliebter Herr Hauser verkauft hat."

„Erinnern Sie mich nicht an dieses Desaster! Das Ding hat irgendein Ferialpraktikant verbrochen, und man sollte es einstampfen. Nichts als Probleme bringt es mit sich. Ihr Hauser war der Einzige in ganz Europa, der das Ding an den Mann gebracht hat. Gratulation! Dass das Zeug auf die Preisliste gekommen ist, habe ich unserem Produktmanagement bis heute nicht verziehen!"

„Aber wir hatten schon so große Pläne. Einen eigenen Mitarbeiter wollte ich schon zum *„Head of Product Development Krypto 1.0“* bestellen. Was wird denn nun aus all der Expertise?", jammerte Gruber.

„Ha, ha, Sie gefallen mir! Mit hundert Prozent Zielsicherheit aufs falsche Pferd setzen! Also, diesen Schwachsinn werden wir auch aussortieren. Bei diesem *Krypto*-Blödsinn heißt es dann auch ‚Aus die Maus'!"

Gruber war nun ernsthaft konsterniert.

„Aber können wir in Österreich nicht mit dieser wunderbaren Plattform weitermachen? Wir hatten schon so große Pläne", bekniete er Hoppenstett erneut.

Eine Sekunde, drei Sekunden, fünf Sekunden war es totenstill am anderen Ende der Leitung. Dann meinte Hoppenstett in einem versöhnlichen Ton:

„Wissen Sie was, Gruber: Da Ösiland Ende Juni ohnehin digITellerfreie Zone ist, schenke ich Ihnen das Ding! Werden Sie glücklich damit. Ich bin ja kein Unmensch!"

„Sie überlassen uns die *Krypto King* 1.0-Plattform?"

„Ja, das tue ich. Wenn Sie wirklich glauben, dass Sie mit dem Ding was drehen können, nur zu! Aber, wie bereits gesagt, nicht unter unserem Namen! Von mir aus als *First Distributor* in Ösiland – nicht als Niederlassung! Das Ding hat schon genug Schande über uns gebracht."

„Geht klar!" antwortete Gruber. „Und das verbleibende Marketingbudget? Können wir die veranschlagten 20.000 Euro noch behalten? Bitte, bitte, bitte..."

Hoppenstett seufzte.

„Wenn Ihnen danach ist - von mir aus. Wie gesagt: In Zeiten wie diesen möchte ich kein Unmensch sein."

„Geht klar", sagte Gruber nochmals. „Ich möchte Ihnen dennoch für die jahrelange auf gegenseitigem Vertrauen beruhende Zusammenarbeit danken und Ihnen versichern, dass..."

„Ist schon gut, ist schon gut! Euer Wiener Schmäh wird mir fehlen, und dem Zillertal werde ich auch in Zukunft nicht erspart bleiben", meinte Hoppenstett zum Abschluss versöhnlich.

„Oh ja, das Zillertal wird sich darüber sicherlich freuen", entgegnete Gruber.

Ein lautes „*Yeah*" schallte durch die Gänge des Office, nachdem der Geschäftsführer der DigITellers aufgelegt hatte. Wenige Minuten später versammelte sich die gesamte Führungsriege in dessen Büro.

„Um es kurz zu machen", begann Gruber. „Wir haben die Deutschen nicht mehr an der Backe. Ab Juli starten wir als Distributor durch!

Berger, wir brauchen einen neuen Namen für die DigITellers! *Short und crispy* muss er sein. Unsere Leidenschaft für die IT soll er widerspiegeln, und Authentizität soll er ausstrahlen. *Ideate & Innovate!* Lassen Sie sich mit dem Namen gerne ein wenig Zeit. Gut Ding braucht Weile!"

„Wie wäre es mit *„DigITellers ITrade Crypto GmbH"*?", fragte Berger.

„Gefällt mir und ist durch!", antwortete Gruber.

„Yeah", rief Berger und warf die Arme in die Luft.

„Aumann, wir werden uns leider von einigen Consultants trennen müssen. Wir brauchen weniger Content, aber ein cooles *Frontend*! Die Leute sollen gerne bei uns *traden*. Also ran an die Arbeit: Viele *Charts*, ansprechende Farben und diese Börsenkurse, die so bunt blinken und sich ständig verändern. Bekommen Sie das hin?"

Aumann nickte eifrig.

„Und Sie, Schwarz, hören ab sofort mit diesem *Schwarz-Schwarzl*-Blödsinn auf und erstellen Schulungsunterlagen! Berger ist Ihnen dabei behilflich. Wir gründen eine eigene *Trading-Academy* – ein eigenes ‚Institut für den professionellen Vermögensaufbau'. *Beginner-* und *Advanced Modules* soll es geben inklusive *Deep-Dive*. Bekommen Sie das hin?"

Auch Schwarz nickte.

Nach diesen ersten Instruktionen räusperte sich Gruber und schritt würdevoll auf seinen neuen *Partner Channel Manager* zu.

„Meisner, ich habe Sie unterschätzt", sagte Gruber feierlich. „Sie sind ein verdammtes Genie. Ich ernenne Sie mit dem heutigen Tag zum ‚*Head of Crypto Product Development*‘ sowie zum ‚*Partner Channel Development Manager* des *DiglTeller Crypto Coins*‘“.

Meisner wischte sich eine Freudenträne aus dem rechten Auge.

„Ich werde Sie nicht enttäuschen“, sagte er gerührt und ging dann forschen Schrittes zum Flipchart. Dort hielt er die eben festgelegten Businessprioritäten schriftlich fest und trat dann zur Seite.

„Das ist der zukünftige Strukturvertrieb der „*DiglTellers ITrade Crypto GmbH*“, meinte Meisner feierlich. „Wir berichten alle an Herrn Gruber – seines Zeichens Genie und Mastermind. Ich werde ihm als *Special Advisor* zur Seite stehen und ihn bei den Feinheiten unterstützen. Wir alle werden uns auf die Suche nach potenten Partnern machen, die unsere revolutionäre Plattform kaufen und weiterverkaufen.

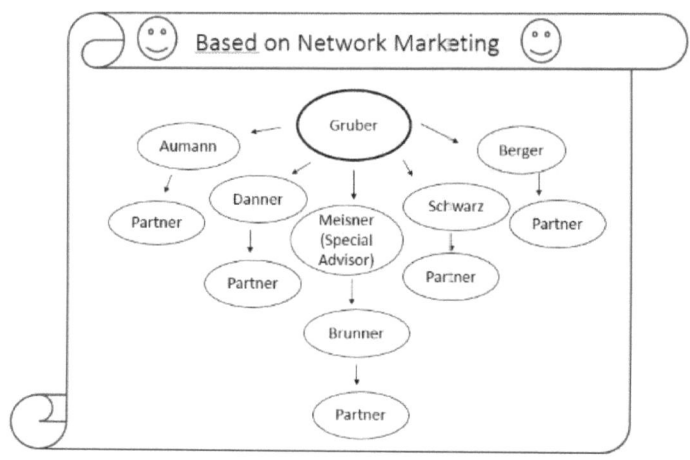

Zusätzlich können Interessenten in unseren DigITeller *Crypto Coin* – den *DigIT Coin* - investieren. Mit unserer *Trading*-Plattform bekommt man außerdem Zugang zu exklusiven Schulungsunterlagen. Diese bringen unseren Investoren und Partnern alles über *Forex-Trading* und Derivat-Handel bei. Unsere *Academy* schließt man mit einem offiziellen ‚*DigITellers Professional Krypto-Trading Diplom*' ab. Damit ist man wer, und es steht einem die Welt offen!"

Mucksmäuschenstill war es im Raum, als Meisner das zukünftige Businessmodell der DigITellers fertig skizziert hatte. Meisner schaute Gruber an, Gruber schaute Aumann an, Aumann schaute Berger an, und Berger schaute Danner an. Dann brach frenetischer Jubel aus. Nur Schwarz war skeptisch. Er warf ein, dass er von *Forex*-Geschäften und vom Derivathandel so viel verstünde wie ein Eremit von Techno-Partys, er nicht wüsste, wie man einen *Crypto Coin* auf den Markt wirft und wie man die eigene Plattform an den *Forex*-Markt anbindet. Meisner beruhigte ihn aber und meinte, dass das alles kein Problem wäre. Der *Forex*-Markt würde niemals von der DigITellers- Plattform Wind bekommen, der *DigIT-Coin* würde nur als *GIF* auf der eigenen Webseite existieren und die Unterlagen könne man problemlos mit *Open-AI* Software schreiben.

Schwarz war nicht überzeugt. Noch am selben Tag reichte der Head of Service seine Kündigung ein. Gruber nahm diese mit Bedauern zur Kenntnis. Auf dem Flipchart fanden sich unter dem baldigen Ex-Geschäftsführer daher nur noch vier *First Liner*.

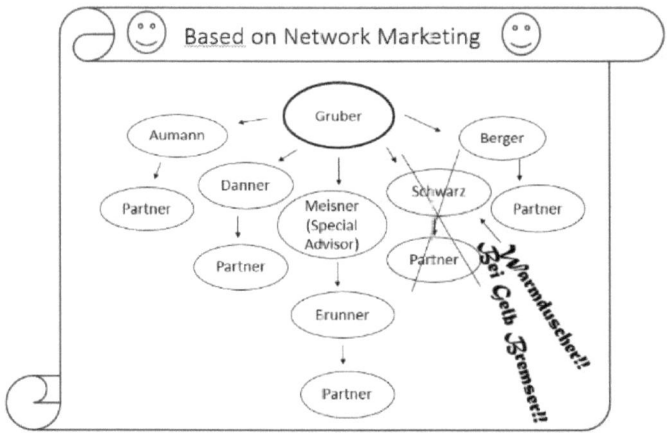

Dennoch war das Meeting der Auftakt zu einem phänomenalen Neubeginn. Eine noch nie dagewesene Emsigkeit erfasste den harten Kern der DigiTellers. Die Fertigstellung der *Crypto King Trading* Plattform ging zügig voran. Lediglich zwei Entwickler waren nötig, um ein *Trading*-Portal zu bauen, das sich von einem echten kaum unterscheiden ließ. Aumann setzte alles daran, die verbliebenen Vollblutvertriebler auf eine neue Ära einzustimmen. Die Zeiten langweiliger Inhalte gehörten nun endgültig der Vergangenheit an.

Auch Berger und Danner arbeiteten in himmlischer Eintracht an einer ruhmreichen Zukunft der DigiTellers. Bereits der erste Entwurf des *DigiT Coins* war ein Geniestreich. Dieser drehte sich in funkelndem Gold um die eigene Achse und produzierte auf dem pechschwarzen Webseitenhintergrund unerlässlich Goldstaub. König Midas wäre begeistert gewesen, und auch „Krypto King" Gruber gab den Coin mit großer Begeisterung frei. Die Erstellung der Schulungsunterlagen und der Schulungspfad zum „allseits anerkannten *DigITeller Crypto 1.0-Trading* Diplom" schritt ebenfalls zügig voran. Mithilfe neuester Gratis-AI Software entstanden Texte und Bilder, die täuschend echt wirkten.

Ende Juni war es dann so weit. Schweren Herzens gab Gruber das Ende der mehr als zwanzig Jahre florierenden „DigITellers Austria GmbH" bekannt, betonte aber, dass die deutschen Kollegen bei der Betreuungsqualität keinen Unterschied machen würden. Aus die Maus!

Drei Wochen nach der rechtmäßigen Auflösung der österreichischen Niederlassung meldete sich Gruber aber bereits zurück. In einem *YouTube*-Video beschwor er potenzielle Investoren eindringlich, etwas für ihren Vermögensaufbau zu tun. Nicht nur über die brandneue *Trading*-Plattform *Krypto King* sprach er überzeugend, auch beim Thema *Academy* und *DigIT Coin* blieb kein Auge trocken.

„Crypto King 1.0 based on Network Marketing" war ein echter *Gamechanger*. Der *Traffic* der eben erst

veröffentlichten Webseite ging durch die Decke, und unmittelbar nach Grubers Botschaft an die krypto-affine
Community trudelten die ersten Plattform-Bestellungen
und *Academy*-Buchungen ein. Partnerfragen kamen zuhauf, wurden aber von der *künstlichen Intelligenz*, die das
ehemalige „Schwarz/Schwarzl-*Customer Service-Center*"
ersetzt hatte, recht anständig beantwortet. Schon im August konnte die erste Million am Firmenkonto verbucht
werden. Noch verteilte sich der Umsatz vorwiegend auf die
von der KI erstellten und per PDF verschickten Schulungsunterlagen. Der *DigIT-Coin* blieb eine exotische Währung.
Das *Network Marketing*-Konzept Meisners hatte es aber in
sich, und im September bahnte sich der endgültige Durchbruch an.

Aus der ersten Million wurden fünf. Aus den ersten fünf
Partnern, die sich für „finanzielle Freiheit", ein „giganti-
sches passives Einkommen" und „vollkommene Selbstbe-
stimmung" entschieden hatten, wurden fünfzehn, und
noch vor dem Jahresende wusste halb Ösiland, dass die
„verbesserte" Version der einstigen DigITellers Austria
GmbH wohl die Zukunft des Tradings, der *Crypto*-Szene und
des Schulungswesens wäre. Das *Framework*, das Hoppenstett Gruber aus Mitleid geschenkt hatte, entwickelte sich
zu einem wahren Goldesel. Bis Ende Dezember vertrauten
fast tausend Partner dem so eindrucksvoll um die eigene
Achse rotierenden *DigIT Coin* und legten ihr Geld

vertrauensvoll in die Hände der neu gegründeten „DigITellers IT-Trade Crypto GmbH". Die Gewinne wurden ausgezahlt, und die ersten Rezensionen der neuen Plattform fielen überragend aus. Aus den fünfzehn Partnern wurden bald fünfzig, dann hundert und schließlich tausend. Diese handelten entweder auf der Plattform, buchten eine Schulung oder investierten in den *DigIT Coin*.

„Meine Güte, Meisner, das Ganze ist ja unglaublich", jubelte Gruber. „In weniger als sechs Monaten haben wir mehr Umsatz erwirtschaftet als zuvor mit echter Arbeit. Und den Rest machen die Partner!"

„Ja, die Partner - der war gut", lachten Meisner und Berger, und auch die Danner konnte sich ein Lächeln nicht verkneifen.

„Allmählich müssen wir aber in Phase Zwei eintreten – jene Phase, wo ‚Gewinne' nicht mehr einfach so überwiesen werden, sondern technische Probleme eine Auszahlung verhindern", meinte Meisner. Außerdem müssen wir uns diese *Trading*-Nerds vom Leib halten. Wenn die Wind bekommen, dass wir mit dem *Forex*-Markt so viel am Hut haben wie Casanova mit der Monogamie, wird es unlustig!"

Eine kurze Stille legte sich in diesem Moment über den Konferenzraum. Gruber meinte aber, dass das Ganze noch mindestens ein Jahr gut gehen würde, und es nun um die Skalierung des Geschäftsmodells ginge.

„Wie wäre es mit der Wiener Stadthalle als *Location* für den ersten Partnertreff?", fragte er in die Runde.

Rasch war man sich einig. Noch im Mai sollte das erste „Platinum DigITellers Crypto Trading Event" über die Bühne gehen. Endlich war Schluss mit dem langweiligen Implementieren und Entwickeln. Jetzt wurde richtig Kohle gescheffelt.

Grubers Strategie ging auf. Nur sehr wenige Partner wollten sich die ersten Kryptogewinne auszahlen lassen, weil sich der Kurs einfach zu gut entwickelte. Anfang Juni zählte die junge „DigITellers ITrade Crypto GmbH" bereits fünftausend begeisterte Partner, und als Meisner Mitte Juni Gruber die endgültige Zahl der Teilnehmer in der Wiener Stadthalle präsentierte, konnte dieser sein Glück kaum fassen.

„Siebentausend!! Ich sage es nochmals: siebentausend Teilnehmer sind es geworden. Die meisten haben sich bisher für das ‚*Premium Krypto King-Paket based on KI*' entschieden, die *Academy* kommt gut an, aber vor allem die Einnahmen mit dem *DigIT Coin* gehen gerade durch die Decke. Wenn das so weitergeht, machen wir bald dem Bitcoin Konkurrenz!"

Auch in den verbleibenden Wochen vor dem großen Partnerevent in der Wiener Stadthalle kannte der Triumphzug der Plattform kein Ende. Immer mehr *Trading-Maniacs* entschieden sich – ausgerüstet mit einem *Premium Paket* um schlappe 1.500 Euro - für ein ewiges Einkommen im Schlaf und trugen die frohe Botschaft weiter unter das Volk. „Messias" Gruber und Meisner hatten die *Old Economy* tatsächlich in die Knie gezwungen, und dafür wollten ihnen ihre Jünger ewige Treue geloben.

„*Sing Halleluja*" forderte *Dr. Alban* die Glaubensbrüderschaft am 30. Juni um Punkt acht Uhr abends auf, nachdem sich diese in der restlos ausverkauften Wiener Stadthalle eingefunden hatte. Dann hörte man das Brummen lauter Motoren, und nur wenige Sekunden später fuhren ein orangefarbener Lamborghini, ein roter Ferrari, ein gelber Bugatti und ein giftgrüner Porsche auf die Bühne. Als Gruber, Meisner, Berger und Aumann aus den geliehenen Edelkarossen stiegen, brandete tosender Applaus auf.

„*Good Evening, Vienna*" brüllte Gruber in das Mikrofon, und dann setzte Meisner mit einem begeisternden „*Are you ready to rock?*" nach.
Bei Gott, die „DigITeller-Jünger" waren mehr als „*ready*", und gewiss dauerte es eine ganze Minute, bis der Applaus abgeklungen war und Meisner zu seinen *Words of Wisdom* ansetzen konnte. Drei Sekunden, fünf Sekunden, fast zehn Sekunden ließ er verstreichen, und dann erklärte er in einfachen Worten, was er an diesem lauen Sommerabend vorhatte.

„Was würdet ihr sagen", begann er, „wenn ich euch in den kommenden drei Stunden erzähle, wie ihr in nur einem Jahr eurer bisheriges Leben auf den Kopf stellt, euer Einkommen verzehnfacht, dabei um die Welt jettet und euch um das kümmern könnt, was wirklich zählt: ,Liebe, Freundschaft und persönliche Freiheit!'"

„Wir lieben Dich, Meisi", kam als Antwort zurück, und so setzte der designierte *Partner Channel Manager* & *Head of Crypto Currency* mit seinem lebensbejahenden Evangelium der Fülle fort:

„Mit eurem heutigen Kommen seid ihr bereits den ersten Schritt in ein neues – ein glücklicheres – Leben gegangen. Vielleicht habt ihr euch schon vor dem Event für die DigITellers-Botschaft entschieden und seid heute nur hier, um eine gute Zeit zu haben. Dann möchten wir euch versichern: 'Wir lieben euch! '. Genießt die nächsten drei Stunden, habt Spaß und freut euch über euren baldigen Reichtum!"

Erneut schrien siebentausend Krypto King-Gläubiger begeistert „Wir lieben Dich, Meisi!" Gütig ließ dieser sie eine ganze Minute gewähren und setzte dann mit seiner Botschaft fort.

„Vielleicht sind einige von euch aber noch skeptisch. Vielleicht überlegt ihr noch – wie einst der ungläubige Thomas – ob ihr den nächsten Schritt in die unendliche Fülle gehen wollt. Lasst euch dann eines sagen. Mit diesem Smartphone, der Krypto King- App und mit dem richtigen Mindset *habt ihr alles, um euer altes Leben im Mittelmaß hinter euch zu lassen.*

Wir sind heute nicht hier, um euch etwas zu verkaufen oder euch zu verführen. Nein, wir haben uns hier versammelt, um euch an etwas Großem teilhaben zu lassen. Wir sind gekommen, um euch Fülle zu bringen und euch zu helfen, die beste Version eures Selbst zu werden. Wir sind gekommen, Euch Mut zu machen, nicht auf die zu hören, die euch täglich klein halten, weil sie selbst klein sind. Wir sind gekommen, um euch die Chance zu geben, euch von eurem alten Leben zu trennen und ab sofort ein Leben in Freiheit und Fülle zu führen.

Mein Name ist Thomas Meisner. Ich bin Head of Cryptocurrency-Trading bei der DigITellers ITrade Crypto GmbH und möchte, dass ihr an unserer wahnsinnigen Erfolgsstory ebenfalls teilhabt! Sagt es laut und deutlich: Wollt ihr auch erfolgreich sein? Wollt ihr nächstes Jahr ebenfalls auf dieser Bühne stehen und eines dieser Luxusautos fahren?"

Laut schrien die versammelten Jünger *„Yeah",* und als Meisner auf die weltbeste *Trading*-Plattform *Krypto King*, die *Krypto-Academy* und den noch immer unterbewerteten *DigIT Coin* zu sprechen kam, kannte die Begeisterung keine Grenzen mehr.

„Ja, wir glauben auch an den *DigIT Coin*", gelobten die Jünger zu den Klängen von *„Sing Halleluja".* Eine ungewöhnlich spirituelle Atmosphäre lag in der Luft.

So ging es fünfzig Minuten. Dann übergab Meisner an Gruber, dem es an diesem Abend zukam, auch die letzten Zweifler zu überzeugen.

„Hört mir zu, Lichtgestalten der Zukunft", begann dieser.

„Ich weiß, dass es unter euch noch den einen oder anderen ungläubigen Thomas gibt – und ich habe Verständnis dafür. Sicher ist aber auch, dass diejenigen unter euch, die sich noch heute für das Starter-Paket, oder noch besser, für das Platinum-Paket entscheiden, in drei Jahren sagen werden: „Das war der Tag, an dem sich mein Leben um 180 Grad gedreht hat. Das war der Tag, an dem ich mich bewusst für Freiheit, Glück und Reichtum entschieden habe."

Wieder folgte frenetischer Applaus. Dann kam Berger und erklärte das bahnbrechende Provisionsmodell der Krypto King Plattform und die unendlichen Möglichkeiten des *DigIT Coins*.

„Mir bleibt nur noch eines zu sagen", meinte er am Ende seiner Ausführungen. *„Zieht euer Ding durch! Hört nicht auf die Hater da draußen, die euch kleinhalten wollen. Entscheidet euch für ein neues Mindset. 'Try to reach the moon. And if you fail, you will fall on one of the stars!'"*

Nun kannte die Begeisterung endgültig keine Grenzen mehr. Ein letztes Mal forderte *Dr. Alban* die versammelten Jünger auf, *Halleluja* zu singen, und dann ergoss sich ein Papierschnipselregen über die Stadthalle. Gruber, Berger und Meisner zogen in ihren gemieteten Luxusautos von dannen. Was für ein Triumph, welche Professionalität, welche Begeisterung!

Der Abend in der Wiener Stadthalle hatte den endgültigen Durchbruch gebracht. An gleich zehn Ständen gab man den in letzter Minute bekehrten Jüngern die Chance, zu einem unschlagbaren Preis Partner zu werden. Der Führungsriege der DigiTellers war noch am selben Abend bewusst, dass es vollbracht war. Alle waren reich – verdammt reich.

Nur Aumann ging es gar nicht gut. Zu Beginn der Veranstaltung war er noch mit dem gemieteten giftgrünen Porsche auf die Showbühne gefahren. Bevor Meisner, Gruber und Berger die siebentausend Teilnehmer verabschiedet hatten, hatte dieser aber schon das Gebäude verlassen und sich übergeben. Er wollte nur noch nach Hause. Als er heimkam und ihm seine Frau Eva die Tür öffnete, war er kreidebleich.

„Was ist denn los, um Gottes Willen? Solltest du nicht in der Stadthalle sein?", fragte ihn diese.

„Ich habe Mist gebaut – diesmal aber wirklichen Mist", antwortete Aumann leise, und dann erzählte er Eva, wie es um die DigiTellers wirklich bestellt war. Er erzählte ihr, dass er nicht mehr länger lügen wolle. Dass er es leid sei, sich für Evas Dacia zu schämen, und er sich eigentlich für dieses Schämen schämte. Aumann erzählte, dass er es satt hatte, niemals Stellung zu beziehen. Dass er mitverantwortlich war für das Monster, zu dem die DigITellers mutiert waren, erschütterte ihn aber am meisten.

Eva sah ihren Mann an diesem Abend das erste Mal in ihrem Leben weinen und bemühte sich redlich, ihn zu trösten. Das funktionierte mehr schlecht als recht. Gerade als sie ihm versicherte, dass sie ihn liebe und nicht verlassen werde, passierte aber etwas, was Aumann nicht für möglich gehalten hätte. Lenas kleiner Dalmatiner Waldi kam auf ihn zu, machte freiwillig Männchen, setzte sich, stellte sich auf die Hinterpfoten und setzte sich erneut. Dieses so unschuldige Zeichen der Zuneigung – gepaart mit Evas Unterstützung – veränderte seltsamerweise alles.

Aumann stellte sich noch am selben Abend der Polizei und erzählte ihr von der fingierten *Trading*-Plattform, der Tatsache, dass niemals ein echtes *Forex*-Geschäft über diese abgewickelt worden war, dass es niemals einen echten *DigIT Coin* gegeben hatte und dass die *Krypto-Academy* kein wirkliches Wissen vermittle. Aumann gab ferner zu, dass es sich bei dem Geschäftsmodell um ein stinknormales *Pyramidenspiel* handle, bei dem sich vier Personen an tausenden Anlegern bereichern würden.
Der langjährige *Head of Sales* blieb an diesem Abend wie auch die Tage darauf in Untersuchungshaft, wobei sich die Polizei noch in derselben Nacht mit dem vermeintlichen

Multimillionen-Betrug auseinandersetzte. Bald stand fest, dass Aumann die Wahrheit gesagt hatte.

Bereits am Folgetag stürmte die Kriminalpolizei das Büro der DigITellers ITrade Crypto GmbH in der Wiener Innenstadt. Das gesamte Führungsteam – Gruber, Berger und Danner – hatte sich dort versammelt, um den Vorabend gebührend zu feiern.

„Ein Hoch auf den *DigIT Coin*!", schallte es unüberhörbar durch die Räumlichkeiten, als die Wiener Kripo das Büro stürmte und die Führungsriege der selbsternannten *Krypto*-Experten in Gewahrsam nahm. Aus die Maus.

„Was ich eindeutig festhalten möchte", meinte Gruber in einer kurzen Videosequenz, die das österreichische Fernsehen noch am selben Abend ausstrahlte, „Sämtliche Behauptungen, die derzeit gegen die DigITellers vorgebracht werden, sind dem Neid der Erbsenzähler und Miesepeter geschuldet und werden sich rasch als haltlos erweisen. Ich bin überzeugt, dass der *DigIT Coin* bereits nächstes Jahr seinen globalen Triumphzug antreten wird."

Tatsächlich verlor der *DigIT Coin* an jenem Abend kein bisschen an Wert. Das lag daran, dass er niemals existiert hatte und auf der Trading-Plattform Crypto King niemals handelbar gewesen war. Die Beweisführung war einfach und nahm nur wenige Stunden in Anspruch. Banal, zutiefst banal war das Pyramidenspiel gewesen. Dennoch hatten erneut zigtausende Anleger ihr Geld einer neugegründeten Firma anvertraut, weil diese Reichtum ohne Anstrengung versprochen hatte. Die Trading Plattform war unecht, der Betrug aber echt gewesen. Gruber bekam fünf Jahre unbedingt, Meisner vier, Berger zwei und Danner ebenfalls zwei. Der bisher investierte Betrag von insgesamt 130 Millionen konnte zu neunzig Prozent an die Geschädigten refundiert werden.

Nur für Aumann ging die Sache einigermaßen glimpflich aus. Er kam mit einer Geldstrafe von zwanzigtausend Euro und einem Vermerk im Strafregister davon. Die Richterin hatte befunden, dass der Angeklagte ehrliche Reue gezeigt und zu der Aufklärung des Falles maßgeblich beigetragen hatte.

Aumann nahm sich nach dem Gerichtsprozess eine Auszeit von einem Jahr. In den Vertrieb kehrte er zurück, doch war er völlig verändert. Die hohlen Phrasen, die er früher viel zu oft gebrauchte, ließ er hinter sich. Die meisten seiner Mitarbeiter finden heute, dass er ein äußerst authentischer Chef sei, dem man gerne folgt. Er selbst nimmt den Begriff „Authentizität" selten in den Mund, ist aber felsenfest davon überzeugt, dass sich Mitarbeiter – nein, Menschen – weniger über das definieren, was sie sagen, sondern vielmehr über das, was sie tun.

Seine Ehe mit Eva ist heute so gut wie nie zuvor, und Lena möchte einmal einen Mann heiraten, der genauso cool ist wie ihr Papa. Sein größter Fan ist aber Waldi. Dieser findet Aumanns *Leadership* einfach unwiderstehlich.

 **Anspieltipp:**
Sing Hallelujah (1992)
Dr. Alban

Ein kurzes Nachwort

Unternehmenswerte sind stets ein Spiegel ihres kulturellen, politischen und wirtschaftlichen Umfelds. Im besten Fall schaffen sie einen gesellschaftlichen und wirtschaftlichen Mehrwert. Im schlechtesten Fall höhlen sie wichtige aktuelle Themen mit Falschinformationen sowie lächerlichen, kurzfristigen Marketingmaßnahmen aus.

So propagieren die meisten Großfirmen im Jahr 2023 z.B. Umweltschutz und Nachhaltigkeit (*Sustainability*), Gleichberechtigung (*Equality*), einen demokratischen Führungsstil (*Leadership*) und faire Chancenverteilung (*Diversity & Inclusion*), ordnen diese Werte aber ausschließlich ökonomischen Kriterien unter. Die durchschnittliche Verweildauer in den Unternehmen sinkt von Jahr zu Jahr. Symbolträchtiger Aktionismus sowie Moralismus ersetzen verbindliche Inhalte.

Die Welt der *DigITellers* ist letztlich eine degenerierte Welt. Sie höhlt in ihrer Fokussierung auf den Schein die Ernsthaftigkeit gesellschaftlicher Probleme aus und lässt mit jedem Jahr mehr verbrannte Erde zurück. Das hat weitreichende Folgen. Mitarbeiter und Mitarbeiterinnen (i.e. Menschen) sehen puren Egoismus und Narzissmus zunehmend als die allgemein akzeptierte Norm an. Begleiterscheinungen wie Geldgier, Korruption und Betrug werden als bedauerliche

Symptome wohl registriert, eine Ursachenanalyse wird aber unterlassen. Der Versuch, diese Entwicklung mit „Social Engagement"-Aktivitäten zu kaschieren, ist keine wirkliche Lösung. Im Gegenteil: Das angebliche Interesse an gesellschaftlichen Problemen wird von den meisten Mitarbeitern mittlerweile als kurzfristig, heuchlerisch und somit ärgerlich empfunden. Eine strikte Trennung zwischen Privatleben und lächerlichen Firmenspielchen ist die Folge – eine paradoxe, fast schon schizophrene Entwicklung.

Der vorliegende Kurzgeschichtenband „Einmal raus aus der Komfortzone und wieder zurück" spielt am Beispiel des fiktiven Unternehmens „DigITellers" satirisch mit dieser völligen - auf ökonomische und persönliche Interessen reduzierten - Beliebigkeit. Sollte Ihnen die Lektüre Freude bereitet haben, verweise ich zum Abschluss noch gerne auf den Folgeband „Weit außerhalb der Komfortzone und trotzdem nie am Ziel". Danke für Ihr Interesse und alles Gute!

Ihr Ernst Macher

Wollen Sie auch mit Band 2 & 3 Ernst machen?

**Weit außerhalb der Komfortzone
und trotzdem nie am Ziel**
Mehr von den DigiTellers und
dem Rest der coolen Gang

Ohne Rückgrat geht's auch!
33 Regeln für Ihre Turbokarriere

beziehbar:

- Im stationären Buchhandel
- bei den üblichen Verdächtigen
  (Amazon, Thalia etc.)